今夜、2つのテレフォンの前。

時本紗羽

本書は書き下ろしです。

今夜、2つのテレフォンの前。 contents

今夜、2つのテレフォンの前。

1. いびつな夜のラブコール

「——だぁーかぁーらぁー、違うってば。ロリコンさん、私の話ちゃんと聞いてる？」

私は電話口で唇を尖らせる。そんなことをしても電話の向こうの彼には見えない。

だけど、なんとなくわかる。電話の向こうの彼は、私の一言にいつも通りムッとしているに違いない。特に〝ロリコン〟のあたりに。きっと片方の眉(まゆ)を器用に顰(ひそ)めているんだろう。見えはしないのに、鮮明に目に浮かぶ。

予想通り、電話の向こうからは不機嫌な声が返ってくる。

『聞いてるよ。聞いてるし俺はロリコンじゃあない。何度も言ってるよね？　きみこそ俺の話ちゃんと聞いてんの？』

「聞いてる聞いてる」

『二回繰り返すときは大抵聞いてない』

言われて今度は私のほうがムッとする。

なにゆえ私たちはこんな夜に電話してまで、お互いの唇を尖らせたり、眉を顰めさせたりしなければならんのか。貴重なデータ通信を使っているのに、不毛なことこの上ない。

話を元に戻す。

「……だからね、私は思ったの」

『すごい力業で話を元に戻したな。何が〝だから〟なんだ……？』

「この世で一番重たい期待を背負わされているのは、お笑い芸人なんじゃないかって」

『……ふーん？』

「だってそう思わない？　お笑い芸人って、面白くない発言なんて許されないじゃん。しかも番組の視聴率背負ってるんだよ？　視聴者だけじゃなくて、番組のプロデューサーも、出演者もカメラマンも、その芸人が面白くうまくやるって信じて疑わないの。本人が信じてなかったとしても、周りが勝手にその人のことを信じてる」

『うん』

「それって、地獄じゃない？」

『地獄ってほどでは……』

「地獄だよ」

私が力強く言ったからだろう。ロリコンさんはそれ以上否定せずに黙る。

たぶん今、意味もなく顎を触っている。そんな気がして、私はひとりふっと笑ってしまう。和らいだ私の空気を感じ取ったのか、彼はゆっくりと口を開いた。

『きみは、意外とネガティブな話もするね？』

「いつだって前向きな女の子なんて男子の妄想です」

『……』

「表面上は何の屈託もなく、機嫌よさそうに笑っててもね。本当にいつも、心の底から前向きな女の子なんていないと思う」

『……そうかなぁ』

「そうだよ」

あーやだやだ。女子に夢を見すぎている男は、みんなズボンのチャックが壊れて上がらない呪いにかかればいいんだ。好きな子の前でめちゃくちゃ恥ずかしい思いをする呪いにかかればいい。私が魔女なら絶対にそうするのに。……いや、せっかくなら魔法は、もっと自分のためになることに使おう。

もしも自分のために魔法が使えるなら、私は、きっと……。

『それで、意外とネガティブな志奈子ちゃんは、俺に何か話したいことがあるんじゃないの？』

電話の向こうからそう声をかけられて、私はハッとする。そうだった。貴重なデータ通信は、お互いの機嫌を損ねるためのものでも、持論をぶつけるためのものでもない。

私はベッドの上に正座して、改まった声を出す。

「訊いてもいい？」

『どうぞ』

「私ね、想史と同じ大学受けようと思うんだ。受かるかな？」

『あーそっか、高校二年だもんな……。進路考える時期だね』

「うん」

『……きみ、ちゃんと勉強してんの？』

「……んん？」

私は聞こえなかったフリをしてごまかす。見えないけどわかる。ロリコンさんはジト目をしている。

『あのなぁ……。俺にはよーく見えるよ。大学生になったきみは、何をしていても〝あのときもっと頑張っていたら〟〝もっと先のことを考えて動いていたら〟って後悔してるんだ。友達と笑ってても、恋人といるときだって』

「恋人!?　今〝恋人〟って言った!?」

『俺今もっと大事なこと言ったよね？』

「恋人って言った……！」

彼氏できるんだ！　うわーそっか！　と浮かれる私に、彼はますますジト目になっているだろう。

『彼と同じ大学に入りたいって言うくせに、恋人ができることにはしゃぐって……なんか不謹慎じゃないか？』

「そりゃ想史がその相手だったら嬉しいけどさ！　この先の人生、どう転ぶかはわかんないじゃん。男の人は星の数ほどいるし」

『三十五億？　あと五千？』

「え？　そうなの？」

『あ、いや。このネタ知らないよな……』

よくわからない言葉で濁された。

ただ、浮かれる私に対して面白くなさそうな反応を見せたロリコンさんがちょっと可愛くて、私はこれみよがしにはしゃいだ。無邪気な女子高生のように。

そんな私に釘を刺すように、彼は言う。

『今のまま遊んでたら、きみが言ってる大学には行けないよ』

「……うへぇ」

彼が言うんだから、きっと、そうなんだろう。

——先月の夜、見知らぬ番号から電話がかかってきた。出ていいものだろうかと戸惑いながら通話ボタンを押すと、私に電話をかけてきたのは予想外の相手だった。

そして今では毎晩のように、私はこの変な電話に捕まっている。夜の十時を過ぎた頃、自分の部屋で両親に聞こえないように声を抑えて彼と話している。くだらないことも、真面目なお説教も、取り留めもなく。まったくはた迷惑な話です。

毎晩のように好んで私みたいな女子高生に電話をかけてくるから、彼のあだ名は早々に「ロリコンさん」にした。声の感じから、自分より年上であることはすぐにわかったので、一応「さん」を付けている。彼は頑なに「俺はロリコンじゃない」と否定するから、ますます怪しいなぁと思って、彼のことをそう呼び続けていた。

確かに私は幼女ではないけど……と一度は撤回しそうになったけれど、心理学的用語としては十三から十八歳までがロリコンの対象になるらしい（ネットで調べた）。私はギリギリ対象に入るので、やっぱり彼はロリコン。

彼には未来が見えるのだという。そう言われてしまったら、私だって未来に夢見る健全な女子高生だから、訊きたいことは山ほどあった。

「でも、そっかぁ……。大学生の私は、後悔してるんだね」

『……たぶんな』

「じゃあほんとに勉強頑張らなきゃ。……まぁでも、それより先に」

『ん？』

「想史ともっと話せるようになんなきゃなぁ」

『今日の戦績は？』

「ダメダメです。たまに頷いたり反応してくれたりするんだけど、基本的にはシカト。なんでなのかなぁ……」

想史は、私の家の隣に住む幼馴染だ。幼稚園からの付き合いで親同士も仲が良く、昔は遊んでいたんだけれど、歳をとるほどに会話が少なくなっていった。別々の高校に進学して、ついには喋らなくなった幼馴染。本当に、全然喋らなくなった。お隣さんなのに。

私は最近、朝の登校中、通学路が分かれるまでひたすら彼に話しかけ続けている。昔はそれなりに仲が良かったはずなのに、どうしてかほとんど反応がない。そんな態度を取られる理由にはまったく心当たりがなくて、私をかなり憂鬱にさせていた。

そんな私に、ロリコンさんは最近こう言う。

『しつこく話しかけてみたらいいよ』

「でも、そろそろうざいんじゃないかなぁ。嫌われるかも」

『大丈夫。それだけは絶対にない』

「なんで言い切れるの？」

『可愛い女の子に言い寄られて、悪い気する男なんていないんだよ』

「ロリコンさん、私の顔見たことないじゃん」

『そうだった』

ははっ、と電話の向こうで愉快そうに笑う。私はその無責任な笑い声に「えー……」と声を漏らして、彼には見えないジト目をしながら、気づかれないようにふっと笑う。ロリコンさんとの電話は、なぜか心地いい。

年上の男の人から毎晩のようにかかってくる怪しい電話。しかも彼は「自分には未来が見える」と主張する。

普通だったら、こんないかれた電話は速攻で着信拒否だ。お父さんやお母さんだって、毎晩こんな電話に私が出ていると知ったらやめさせようとするだろう。携帯を解約されちゃうかもしれない。

だから私はこっそりと、声のトーンを抑えて彼と話をする。「未来が見える」という話にも一旦乗っかることに決めて、彼に未来が見えていることを前提に話をする。

どうしてこんな意味不明な電話を、毎晩の習慣として私が受け入れているのか。

「じゃあ、ロリコンさん。私はもうそろそろ寝ます」

『いちいち訂正するのも面倒だけど言っておく。俺はロリコンじゃない。……そうだな、そろそろ終わろうか』

「おやすみなさい」

『うん、おやすみ』

それはきっと、私が声フェチだからです。

*

御山志奈子はまあまあ可愛いと思う。……というのはただの自己評価だけど。

自分の部屋の鏡の前で髪を梳かしながら、朝。私はできるだけ客観的な目で自分を見てみようと思った。輪郭を覆うようにふんわりと長い髪。目の上で真っ直ぐに切り揃えられた前髪。その下に覗いているふたつの目は、特段大きいわけではないけれど、ぱっちりとしている。低すぎず高すぎない鼻梁（びりょう）。薄いけど形のいい唇。……うん。めちゃくちゃ美人！　だとか、クラスで一番可愛い！　だとかではまったくないけれど。私の顔はちょうどいい可愛さだった。

何にちょうどいいか？　それは、地味な男子が恋に落ちる相手として（可愛すぎると気後れしちゃうらしいからね）。

そんないろいろを考えている鏡の中の生き物を不思議な気持ちで見つめながら、私はビューラーで睫毛（まつげ）をよりぱっちりとさせる。化粧（けしょう）はしない。学校で怒られて目立ちたくないから。あくまで何も作ってない風に、それでもちょっとは可愛く見えればいいな、と思う。スカートも三回折って丈を短くしてみたりして。

お母さんが「朝ごはんは？」とキッチンから問いかけてくる声に「いらなーい」と明るめの声で返事をした。ちゃんと食べなきゃ……という長いお説教に捕まる前に、滑り出すように玄関から脱出する。朝の私に、そんなにモタモタしている時間はないのです。

ローファーを履（は）いた私はタタタッと想史の家の前を駆け抜ける。ほんのり漂う潮の香り。高台の上からは海が見えるこの町には、夏がよく似合っていると思う。制服の夏服がはためく。スカートも、シャツの裾（すそ）も、風を含んでぱたぱたと広がって。

私は頭の中で、一日の始まりにふさわしいＢＧＭをかける。アップテンポの。ワクワクする感じの。そうすればこんななんでもないことが、とてつもなく素敵な青春の一ページになるような気がした。まぁきっとすぐ忘れちゃうんですけど。

私と想史の家が並ぶ道をしばらく直進して、最初の曲がり道。そこにあるガードレールに座って、私は想史がやってくるのを待つ。さっき鏡の前でチェックしたところだけど、きっともうテカっているであろう顔をハンカチで押さえて。さも「しばらく待っちゃったぜ！」みたいな涼しげな顔で。想史を待つ。

タイミングはばっちりだった。きっと三分も待っていない。ただ一点じっと見つめていた曲がり角。そこから現れた想史は、私に気づくとピクッと眉を動かし、「またか」という表情を見せた。眼鏡と長い前髪で見えにくくても、私はその微妙な変化を絶対に見逃さない。人の気持ちには敏感なタイプだ。

ガードレールの上で待つ私を見なかったことにしようとする想史に、私は最大級の笑顔を向けてひらひらと手を振った。

「おはよー！」

「……」

そうすると、さすがに見なかったフリにも限界があるみたいで、彼は渋々私と視線を合わせる。でも、合わせるだけ。想史の反応は薄い。ここまでは予想通り。

彼がふいっと視線をはずして学校に向かって歩き出すと、私はガードレールから勢いよく飛び降りて彼の背中を追った。

「ねぇ、昨日の夜なにかテレビ見た？」

「……」

想史の背中は歩きながら、左右にゆらゆらと揺れる。返事はやっぱり返ってこない。それでも構わず話し続ける。

「私はねー、昨日はお笑い番組見てたよ。あのSMの女王みたいな人……名前なんだっけ。〝どこのどいつだ〜い？〟ってネタ、今めちゃくちゃ流行ってるよね！」

「……」

「思ったんだけどさ、芸人さんってすごくない？　何言っても絶対にスベんないの。息するみたいに面白いことが言えちゃうのって、すごいよねぇ」

「……」

「……」

私が黙っちゃったら負けだ！　と思うんだけど、ひとりで喋り続けるのはなかなか厳しいものがある。ひたすら壁打ちテニスをやる、みたいな。私はテニス部ではないので、その厳しさもよくわかりませんが……。話題に困って、ちょっとだけ黙ってしまう。

鞄を後ろ手に持って、ゆらゆら揺れる想史の背中についていく。

「……」

うるさいのが急に黙ったら、気になったりしないのかな？　そう考えて束の間、じっと口を閉じてみる。…………………気になったり、しないか。後ろを振り返る可能性に五十パーセントくらい賭けてみたけどあえなく撃沈。まぁ、それも想定内です。

後ろから想史の背中をまじまじと見つめて、思う。彼は伸び悩んでいる。身長に。想史の頭のてっぺんはちょうど、私の前髪が切り揃えられているくらいの高さだ。これがいつか急に、ぐーんと伸びたりすんのかしら……。

一瞬だけ、自分より背の高い想史に抱きしめられる想像をして、すぐに振り払う。それはなんというか……いろいろ複雑だわ。いや、いいんだけど。すごくいいんだけど。たぶんきっと大人になっても格好いいんだろうし。

そんなことを考えているうちに、タイムリミットが近づいてきた。

郵便局に突き当たったら、私たちは分かれてそれぞれの高校に行かないといけない。私は右に曲がって、坂を下って歩いて自分が通う高校まで。想史は左に曲がって、駅から電車に乗って十五分の高校へ。

想史は背が低いから歩幅はそんなに広くないけれど、早足で歩くから。一緒に登校できるのは精々五分くらい。黙っているのは時間がもったいない。

「……あのさ！」

私が沈黙を破ると、想史は歩みを止めずに顔だけちらっとこちらに向けた。

めんどくさそうな顔にくじけそうになりながら、そんなことは少しも表情に出さずに、
私は笑う。

「花火大会行こうよ！」

「……」

「想史ももうすぐ夏休み入るよね？　おばあさんの家近いし今年も遠くには行かないでしよ？　うちもそうだし」

「……」

「昔はよく一緒に行ってたのに、最近行ってないよね。久々に！　いいと思う！　そんで学校の人に見つかって冷やかされよう！」

少しだけ興味をもって聞いてくれていた目が、一瞬にして「あほかお前は」と冷めた目になる。あぁしくじった……。このアプローチは正解じゃなかった……。だとしても、

「あほか」って一言でもいいから、それは口で言ってほしい。

私はもういつから想史の声を聞いていないんだろう。っていうか、どんな声してたっけ。

なんだかうまく思い出せない。「うん」とも言わない想史。もう郵便局前まで来てしまった。朝のアピールタイムはこれにて終了。今日も戦況は、思わしくありません。

いやもういい加減喋ろうよ……。なんで頑なに黙ってるの。なんなの。クールなキャラに転向したの？

それもちょっと格好いいなぁと思ってしまう半面、さすがに寂しくなってきた。ほんとはうっかり泣いてしまいそうなくらい。だけど私は、底抜けに明るい笑顔だけを彼に見せるのだ。

分かれ道でそれぞれ反対方向に歩き出す前に、手のひらでバシッと想史の背中を叩く。

「イッ……！」

「まぁ、考えといてよ！」

結構思い切り叩いたから、もしかしたら痛かったかもしれない。私の手のひらもちょっと痛い。鈍い声で呻いた想史に、今日一番の笑顔を見せる。

「気が向いたら一緒に行こ！　できたら頑張って気を向けて！　私はすっごい楽しみにしてるから！」

じゃあね！　と機嫌良く手を振ったら想史は小さく頷いた。それはきっと、「気が向いたら」の部分に対する肯定でしかないんだろうけど。今日のところはそれでいいや。花火大会まで、登校日はまだ何日かあるし。

想史が口を利いてくれなくなる前から、私はずっとこうだった。元を辿れば幼稚園のときから、子どもながら想史の前で意識的に無邪気な声をあげていた私。


〝ねぇそうしくん見て見て！〟


明るい声をあげればこっちを向いてくれることに味をしめた小さな私は、単純なものでそのまま高校生になってしまった。

想史が何かを思って振り返る可能性を考えて、私は角を曲がって見えなくなるまでは胸を張って元気良く歩く。

角を曲がると、途端に私は普通になる。浮かれていた足取りはとぼとぼとなり、頭の中を流れていた愉快なBGMは止まる。上げていた口角は下がるし、目の大きさもきっと八十パーセント。「なんだ、ぶりっ子か」と言われれば、たぶんそうです。

だってどんなに想史の前で明るく見せたって、実際は――。

教室に一歩足を踏み入れたら、入り口近くの席で固まるクラスメイトの、女子ひとりと目が合った。一秒経たずしてふっと視線を剝がされる。

「……」

別に構わないので、私も何食わぬ顔で自分の席まで歩いていく。

教室一番後ろの窓際の席は、私のためにあるんだと思っている。鞄から中身を取り出して、机の横に鞄をかける。椅子に座って〝ふぅ〟と息をつくのと同時に〝なにあれ感じわるーい〟と、憤慨と嘲笑の混じった声が聞こえてきた。ムカムカする。感じ悪いのはどっち！

でも、自業自得だということも、ちゃんとわかっている。だから特段腹を立てている風でもなく、私は無関心な素振りで窓の外を見た。それも〝感じわるーい〟と言われた。

……何したってダメって言うんじゃん。

彼女たちが私に抱く〝嫌い〟は根深い。

(これじゃダメだってことは、わかっているんだけど……)

制服のスカートの中から携帯を取り出して、二つ折りの状態から意味もなくパカパカと開いて遊ぶ。この携帯電話にせっかく備わっている赤外線通信の機能も、高校に入ってからほとんど使っていない。私には友達なんておりませんので。

頰杖をついて、じっと夏の空を見た。

早く授業が始まるといい。

明日はちゃんと明るく「おはよう」と言えるといい。

——明日は、今日よりちょっとだけマシな自分になっているといい。

そしていつかは、気づいたときには。私は今よりずっと素敵で、賢く美しい大人の私になっているんだ、と。

最近まではそう信じていた。

（……ロリコンさん）

今、手の中にある携帯電話が、早く私のことを呼び出しますように。

彼との電話は不思議なほど耳心地がいい。

（早く夜になって……）

机に突っ伏しながら、一時間目の授業が始まる前からそんなことを願っていた。

2. 不甲斐ない彼のついた嘘

「——そこで、すずめを逃がしてしまって泣いている紫の上と出会った」

古典の教科書を左手に開き、解説をしながら黒板に文法を書き記していく。毎日繰り返しているはずなのに、チョークで書いた自分の文字は何度見ても「ヘタだな」と思う。

「……いや、違うな。今のは間違い！　光源氏が一方的に紫の上を垣間見ただけで出会ってはいない。光源氏は、偶然見かけた紫の上に藤壺の姿を重ねて、彼女の素性を探ることにした。で、その後は前に授業でも話した通り。光源氏は紫の上を自分のそばに置いて、育てることにしたんだ」

今日、この部分を授業で取り上げることは前から決まっていた。前からちょっと気が重かった。五年もこの仕事をしていればわかる。生徒の反応というのは、どの代だろうとそんなに大きく変わらないのだ。光源氏と紫の上。ここを授業でやると必ず——。

「光源氏ロリコンじゃん……」

「……」

　そう言う奴が出てくるのだ。去年までなら俺も「まぁそうとも言うなー」なんて言って、生徒と一緒に面白おかしく笑っていたが。心境の変化があったというべきか。なんの弁解も許されずロリコン呼ばわりされる光源氏に同情する。

　まあ、「俺はロリコンじゃない」と否定したところでしつこく決めつけてくる女子高生もいるんだから、弁解できてもあんまり意味はないのかもしれない……。

「ロリコンだよね」

「結構ほんとにアウトなやつだよな」

「えっ、だって何歳差……?」

　隙(すき)あらば私語をしようと思っている教室前方に固まったグループは、口々にそう囁(ささや)いて光源氏を非難した。あぁもうやめてやってくれ……と、一体誰目線なのかよくわからない同情に駆られていると、授業の終わりを告げるチャイムが鳴る。

「……じゃあ、今日はここまで。テスト範囲だからちゃんとノートとっとけよ」

　そう言って最後にテストのことをチラつかせると、教室前方からまた声があがる。

「テンション下がる！　テストの話はやめよ！」

「テンション下がっても本当にもうすぐだけどな」

「なおちゃん空気読んで！」

「お前らのやる気のない空気をちゃーんと読んで釘刺してんだよ。あと、ちゃんと〝先生〟って呼びなさい」

えー、とまだ不満が飛んできそうなところ、さっさと教材をまとめてクラスを出た。

（〝なおちゃん〟って……）

そう呼ばれてもう長い。最初のうちは、まあ歳も近いし仕方ないか……と思っていたけれど。俺ももう教師五年目。なにゆえ十歳近く離れた生徒たちに〝なおちゃん〟呼ばわりされねばならんのか。……十歳近く離れてるっていったら、彼女もか。

（ロリコン……）

いやいや、と、自分に突っ込みを入れながら俺はとぼとぼと職員室まで戻っていった。

「おい、なお」

呼ばれ慣れた声に反応して振り向くと、仏頂面の渋沢先生がそこに立っていた。まだ四十歳になったばかりなのに、短く切られた髪には白髪がちらほら。だけど本人は気にしていないようで、染める気はないらしい。

眉間にシワを寄せた不機嫌な顔で、両手をズボンのポケットに突っ込んでいる。脇に挟んでいたペン入れと世界史の教科書、出席簿を自分のデスクに放って、俺のほうに歩いてくる。

「煙草いくぞ」

「渋沢先生、次の時間は授業じゃないんですか？」

「三年生は保護者交えて進路指導のガイダンス」

「ああ」

そうでしたね、と返事をしながら鞄の中の煙草とライターをポケットの中に忍び込ませる。渋沢先生は俺が新任のときからよく気にかけてくれていて、今ではすっかり煙草仲間だ。校内完全禁煙となってからは、こうして授業がない時間にふたり連れ立って敷地の外にある喫煙所（人通りが少なく保護者の目につきにくい）に休憩に出ている。

高校に隣接する工場の裏に設けられた喫煙スペースは、寂れているが屋外なので煙がこもらない。

二本の紫煙がゆらゆらと立ち昇る。渋沢先生は金のピースを。俺は赤のマルボロを。銘柄が違えば当然味も違うんだろうなぁ……とぼんやり思いながら、渋沢先生の隣で煙草をふかす。肺に入れていないことなんてとっくにバレているはずだが、それでも誘ってくれるのは、職員室の外へ連れ出そうという彼なりの優しさなんだろう。

「なんか息が詰まるんだよなぁ、最近の職員室は。教頭がうるさすぎやしねぇか？　やれ整理整頓だ施錠しろだと……」

ただ自分があそこを出たかっただけらしい。

まぁいいか、と思い直した俺は「情報管理の厳しい時代ですからねぇ」と冴えない返事をする。渋沢先生もつまらない返事だと思ったようで「ふん」と鼻を鳴らす。

「そういえば、なお」

「はい」

「お前結局、話したのかよ」

渋沢先生の問いかけに、俺は自分が吐き出した煙を視線で追って、一旦聞こえなかったフリをした。けれどそれをするには相手が悪かったようで、すぐさま尻に蹴りが入った。

「いってぇ！」と半歩前に飛び跳ねて俺は、膝の角張った部分で蹴られて痛む自分の尻をさする。

「話したのかって」

「……話しましたよ」

すぐに脚が出るんだからこの人は……とは、もう蹴られたくないので言わないでおいた。

まだ長さのあるマルボロをくしゃりと灰皿に押し付ける。間がもたなくなるかもしれない。

でも、そしたらまた次の一本を出せばいい。

ふと渋沢先生の方を向くと、彼はピースを口に咥えたまま目を丸くしていた。

「話したのか」

「……訊いておいてそんな驚きます？」

「いやぁ……それで？　え、会ったのか？」

「いえ、話したのは電話でですけど」

「なんっっだよ電話かよっ！」

はー情けねー！　と腕を組んだまま嘆く渋沢先生を前に、やっぱり間がもたない、もう一本吸おう……と尻ポケットに手を伸ばす。

こんな若手の悩みにこうも反応してくれて、良い先輩だなァ、とは思うけれども。

そういえば〝教師五年目〟ってまだ若手ってことでいいんだよな？

「それで、電話ではなんて？」

ほらきた。興味なさそうに煙草を吸いながら渋沢先生は興味津々だ。

親身に聞いてくれるから何だって話したくなるし、実際に今までは何だって話してきたから、彼はその顚末を気にしているわけで。

だけど詳細を訊かれると、今の俺はちょっと困ってしまう。電話の相手は女子高生なんです、なんて言ったら、きっと混乱させてしまうだけだ。

それに俺自身、なんでこんなことになっているのか、いまだによくわかっていない。わかっていないことを、うまく説明できる自信もない。

とりあえず何か返事をしなければと、当たり障りのない回答を探す。

「まあ……普通です。なんてことない話ばっかりしてます」

「ん……？　結構よく電話するのか……？」

「……」

だめだ、何を言ってもややこしい……。

そしてこの人に、できるだけ嘘はつきたくない。

考えていることが伝わったのか。それとも話したくない気持ちが俺の顔に出ていたのか。

渋沢先生は「まぁ詳しくは訊かねぇけどよ」と言って視線をはずし、また煙草を深く吸い込んだ。……助かった。

「訊かねぇけど……ずるいことだけはすんなよ」

言われて思わず彼の顔を見る。なんだよ、と不機嫌な表情。

俺は今、結構驚いたのだ。渋沢先生が今の俺の状況を知っているわけがない。だから彼の言うところの〝ずるいこと〟は、例えば道徳に反するようなこととか、そういった意味なんだろう。だけど見透かされたような気がした。

俺は〝ズル〟をしている。

二本目のマルボロに火を点ける。煙草はやっぱりそんなに好きじゃない。

だけどどうだろう。いつも明るく振る舞って、だけど時々ネガティブなことも口にするあの女の子は、煙草を吸う男についてどう思うだろう。格好いいと言うだろうか。それとも「嫌い」と一刀両断？

俺はそれを知らない。

「……なお？」

答えなかった俺に渋沢先生は眉(まゆ)を顰(ひそ)めて訝(いぶか)しそうにした。元々愛想の悪い顔が更に悪そうに見えた。本当は優しいのに。

なにかと損をしている彼に、曖昧(あいまい)に笑いかけながら俺は言った。

「渋沢先生。なんか、昔の話してくださいよ」

「は？　またか？　嫌だよ。〝俺らの時代は良かった〟なんて話するようになったらクソだろ」

「んなことないですって。歴史に学ばせてくださいよ渋沢先生～」

「ほんとよくわかんねぇわお前は……」

そう言って頭を掻きながら、社会科の渋沢先生は不本意そうに、色々なことを語ってくれた。

今日の最後にもうひとコマ、一年生の授業をして、放課後はもうすぐやってくるテストの問題作成に時間を充てた。夜はすぐにやってくる。

今夜も俺は、彼女に電話をかける。実験的に何度か、朝や昼間に電話してみたことがあるが、彼女の携帯に着信履歴はなかったという。彼女への電話は、なぜか夜にしか繋がらないようだ。

決まった時間にかけたほうが彼女も出やすいだろうと思って、だいたい夜の十時頃に電話をかけるようになった。

スマートフォンをスピーカーモードにして発信をかけながら、冷蔵庫からビールを取り出す。そうしているうちに、彼女は待機していたのか、３コール目で電話をとった。

『――もしもし？』

機械を通しても無垢な声が聞こえて、それだけで俺はふっと笑いそうになる。もちろん、ロリコンだからではない。

「こんばんは志奈子ちゃん。今、電話大丈夫だった？」

『こんばんはロリコンさん。うん、まぁ大丈夫ですよ』

「あのねぇ……きみも飽きないな。俺はロリコンじゃあ――」

『今なにしてたの？』

　自分がネタを振ってきたくせに飽きたのか、彼女は俺の言葉を遮ってきた。勝手だなぁ、とひとり頭の中で文句を言いつつ、答えてやる。

「今？　風呂からあがって、サッカー観ながらビール飲んでるよ」

『大人だ……』

「わはは。酒はうまいなぁ」

　ノンアルだけどな。失言しないように。

『そういえば、ロリコンさんって歳いくつなの？』

　あっ。遮ったくせにまだロリコンと呼ぶのか！

　いつもなら即座に否定するところだが、今日は我慢して彼女の会話に合わせる。自分の年齢については、少し考えた上でこう返した。

「永遠の十七歳」

『……』

「……」

『……汚い言葉は嫌いだけど今だけ特別に使うね？　きっっしょっ』

「あぁほんとに汚い……傷ついた……」

『………ふふっ』

「人が傷ついてるのに笑ったね、この子は……」

彼女の堪え切れない笑い声をスピーカー越しに聴きながら、缶ビールとスマホを手にベランダへ出た。エアコンをかけていなかったから、外のほうが涼しい。

彼女はまだ笑い足りないというように、声をにやにやとさせながら話す。

『十七歳なんてすぐに終わっちゃうよ』

「……まぁねぇ」

なんて切ないことを言うんだろう……と思いながらぐびっとビールを飲む。冴えない返事をして。

スピーカーモードのスマートフォンに表示されている通話中の電話番号は、確かに自分の知っている番号だ。

なのにどうして今、自分は、こうして彼女と通話しているんだろう？

考えたところで、わからないことはわからない。あんまり黙っていたら変に思われるだろうなと、こっちから新しい話題を振ることにした。

「今日の戦績は？」

『……あぁうん、さっぱり。今日も今日とてシカトでしたねぇ』

「そうなんだ。粘るねぇ相手の彼も」

『そう……ほんとにそう。なんだかさー、さすがにちょっと変だと思うの。喋りたがらないっていうか……頑なに、声を出したがらないっていうか』

（……お？）

　核心を衝き始めた彼女に、俺は電話の前で感心した。

『……っていうかさ！　ロリコンさんには未来が見えるんでしょ？』

「うん」

『それなら想史が話してくれない理由とか、どうしたらうまく話せるかとかさ。教えてくれたっていいじゃん……。未来が見えるなんてもう、人の気持ちが覗けるようなものでしょう？』

「それはダメだよ。きみが考えるべきことは、やっぱりきみが考えなきゃ」

　そんなもっともらしい、まるで大人のようなことを言った。そしてこう付け加える。

「……それに未来が見えるからって、別に人の気持ちは覗けないよ」

『そうなの？』

「そうなの」

『意外と役に立たないね』

「きみに言われると腹が立つ」

『…………ふふっ』

「今度は人が腹立ててんのに笑ったねこの子は……」

だってなんか面白いんだもん、と機嫌よく笑う。スピーカーから彼女の声がいくつも、夏の夜空に向かってこぼれ出す。静かな夜をけたたましく鳴らす。あぁなんだか、ビールがうまいなぁ、と思ってしまう。

彼女は驚くほど簡単に、俺が言った『未来が見える』という言葉を信じた。高校生にもなって、そんなに物分かりよくって大丈夫か？　と思ったが、都合がよかったので信じたままでいてもらうことにした。——未来なんて見えるわけがない。

そんな特別な力があったなら、俺はきっと、もっとうまくやっていた。

彼女とこんな風に電話をすることも、なかった。

「……もう少し彼のことで頭を悩ませとけばいいんだよ、きみは」

『えー……』

「それが恋愛の醍醐味だろ」

『………ぷ。くくっ』

「笑うなバカタレ」

今日の彼女は、やけに機嫌がいい。

『……ロリコンさん、案外馬鹿だよねぇ』

「は？」

『なんでもないですよ。そういえば今日、シカトはされたけど花火大会に誘ってみたんだー』

「……花火大会？」

『うん。この辺で一番おっきいやつ。前にロリコンさん、花火の季節だなぁって言ってたでしょ？　それを思いだして』

「彼は？　行くって言った？」

『だから、今日もシカトだったたって言ったじゃん！』

ほんとに人の話聞いてないなぁもう！　とむくれた声がスピーカー越しに喚く。あぁそっか……と納得する。彼はまだ喋れないのだ。

花火……。行けるといいなぁ……。

『なんにも言ってくれなかったけど、〝気が向いたら来て〟っていうのには頷いてくれたんだよねぇ……』

「きみたちなかなか青春してるね……」

『……青春？』

「うん」

『これが？』

「なんで。違うの？」

不思議そうな声を出した彼女が、不思議そうな顔をしているのが目に浮かぶ。切り揃えられた前髪の下で、大きな目をくりくりさせているんだろう。

なんだかすごく会いたくなった。

『んん……』

青春ねぇ……と、その言葉にしっくりきていない様子。自覚はないらしい。だけど、電話越しでも話していれば伝わってくる。彼女は恋をしている。

そして俺は、彼女の気持ちを利用して〝ズル〟をしている。それを今日、渋沢先生に見抜かれた気がしたんだ。

それからまた学校のことや、彼女のちょっとネガティブな持論の話をして、部屋の中の壁掛け時計に目をやると、通話を始めて三十分以上が経っていた。今日は長電話だ。日に日に通話時間が延びてきている気がする。だけどあまりに長いと、彼女は親に気づかれて言い訳に困るかもしれない。終わりどきは俺のほうから示さなければ。

「――じゃあ。彼と話をすることも大事だけど、勉強もするんだよ」

『あぁっ、テンションが下がった……』

「おんなじ大学に行くんだろ、その彼と」

『うん。やっぱり学校が違うのってちょっと分が悪い気がするしね』

「そうでもないと思うけどなぁ……」

『え？』

「いや、なんでも。頑張って」

『頑張りますとも！　私にはやらなきゃいけないことがたくさんですよ。勉強だってするし、想史とも会話してみせるし――』

彼女は三つ目に付け足すように、ぼそっと。

『あの女を取っ捕まえないと……』

電話の向こうでギリッ、と歯ぎしりをしてそう言った。……なんだかよくわからないけど、彼女の闇は深い。〝こんな女の子だったかな？〟と不思議になりながら。〝あの女って誰？〟と気になりながら。

今夜の電話の結びの言葉を。

「おやすみ、志奈子ちゃん」

彼女は最後、機嫌の良い声で『おやすみなさい』と言って電話を切った。スピーカーから彼女の声が止まると静かな夜が帰ってくる。

「………………」

手にスマホを持ったまま、しばらくベランダで涼んでいた。

俺がしている〝ズル〟は、果たして彼女を幸せにするだろうか。「未来が見える」なんて嘘までついて。

「…………はぁ」

わからないけどとりあえず、また次の夜が早くくればいい、と。

そんなことを願った。

幼馴染の沈黙が破れるとき 3.

朝、目が覚めたとき。昨晩ロリコンさんと話したのは全部夢だったんじゃないかと思うことがある。

鏡の前で髪を梳(と)かしながら、まだ眠そうな顔の自分と向かい合う。ちょうどいい可愛(かわい)さ……と、自分を客観視したいつもと同じ言葉を思い浮かべたけれど。実は想史(そうし)がめちゃくちゃ面食いだったらどうしよう、と考え出して、不安が頭をもたげた。

想史は見た目こそちょっと地味だけど、その分、暴きたくなる秘密がまだまだあるような気がする。幼馴染(おさななじみ)の私がそう感じるんだから、きっとそう。まだこれからいくらでも好きになっていけそうな気がした。

でもそういう魅力って、たまに顔面偏差値を軽々と飛び越えて美女を撃ち落としたりするから。頼むから誰も気づいてくれるなよ！　と思う。

実は想史が面食いで、他の男子と変わらず可愛い女の子が好きだったなら、ちょっと私には分が悪い。ちょうどいい可愛さは、ほどほどの可愛さ。

今日の私はちょっと弱気だ。

この日もお母さんの「朝ごはんは？」という呼びかけに「いらなーい」と軽く返事をして家を飛び出した。ガードレールに急がなければ。鏡の前で考え事をしすぎたせいで、いつもより家を出るのが遅くなってしまった。

頭の中で今日のＢＧＭを選曲する余裕もない。バタバタと駆け抜けて、スカートをはためかせて。ガードレールに辿りついたときには顎から汗が垂れ落ちた。中に着ているキャミソールが張り付いて気持ち悪い。

あー、と深い息をつき、ガードレールにお尻を載せる。ぱたぱたと手で顔を扇ぐけど全然涼しくない。でも下敷きで扇いでる姿なんて想史には絶対に見られたくない。

仕方ないからハンカチで、鼻の頭やおでこ、それから首筋を拭く。汗よ止まれ！　と念じながら。しかし残念なことに、私はとても代謝がいい……。

そうこうしているうちにすぐ、曲がり角から想史が現れた。ささっとハンカチを鞄にしまって声をあげる。

「おっはよー！」

あ。なんか不自然なくらい元気な声が出ちゃった。

想史はゆっくり歩いてきたからか、それとも代謝が悪いのか、汗ひとつかいていない涼しい顔で私を一瞥した。

「……」

そして視線をはずし、私を置き去りにして先にひとりで歩き出す――はずだった。いつものパターンだったら。

「………え？」

相変わらず無言の想史は、やっぱり不機嫌そうな顔でいるけどそこで私を待っている。

「……」

「……」

車の通りはなく、ミーンミーンと蟬の鳴く声だけが大きく聞こえる。

思わず、ガードレールから降りるのも忘れてしばらくその場で見つめ合ってしまう。無風で、じりじりと焦がされていく暑い夏の日の朝。汗をかかない涼しい顔。長い前髪の下、眼鏡の奥の眼差し。

何を考えているんだろう、といやにドキドキした。

「……あ」

私を待っているんだ。気づいてぱっとガードレールから飛び降りる。それを目の端で確認すると想史は、学校に向かって歩き出す。私はその後ろを懸命に追いかけた。なんで今日は待ってくれたの？

ロリコンさんの言葉を思い出す。

〝しつこく話しかけてみたらいいよ〟

未来が見えるというくせに、核心的なことは何も教えてくれない。役に立たねぇな！と思ったし、そのままをロリコンさんに伝えて怒られたこともある。

今の私が想像して考えることが大事だと、ロリコンさんは大人みたいなことを言う。だからいつも笑ってしまいそうになるのだ。大人なんて、昔憧れていたほど格好のいいものじゃないって、私はちゃんと知っている。

それでも。

「想史！」

声を振り絞った。いつからか頑なに言葉を発しなくなった彼の口は、私がたった一度名前を呼んだくらいじゃ開かない。ただちらりと振り返って、歩みも止めず、また彼は前を向いて。

「っ、想、史っ……てば！」

私はさっきのダッシュもあったから早くも息切れして、呼ぶ声は息も絶え絶え。それでもすぐに追いつく距離だったから、斜めがけのスポーツバッグのショルダーベルトに手が届いた。

「っ………想史！」

どうして私はこんなに一生懸命、彼の名前を呼んでいるんだろう。

「想っ……」

何度も何度も。必死に。

はたから見るとちょっとイタいくらい、必死に。

「想史っ……！」

意味もなく泣き出しそうなくらいの切実さで。

私がショルダーベルトを掴んだから、彼はガクッとその場でよろめいた。すると振り返って、

「……何回呼ぶんだよお前はっっ！　そんなに呼ばなくても聞こえてるわ！」

「！」

不機嫌な顔でそう言った。

私は何が起こったのかと思った。目の前で、ものすごいことが起きていると思った。

「………………喋った！」

「……」

私は息を整えながら彼の隣に並んで、笑った。結構本気で嬉しくて。

「なーんだ、もう！　喋れるじゃーん！」

「……」

「ほんとに一言も喋んないから私、想史は声が出なくなったんじゃないかってちょっと心配したよ」

「……んなわけあるか」

想史はやっぱり不機嫌で、俯いて小さな声で否定した。久しぶりに聞く彼の声に、あぁそうだこんな声だったなぁと耳がむずむずする。

「高校に入ってすぐくらいだったかな？　もう結構口利いてくれてないから、想史がどんな声してたか忘れちゃうところだった」

「別にそれでいい」

「え？」

「……」

「……どうして？」

　隣を歩いているのをいいことに、私は屈んで、自分より背が低い想史の顔を覗き込む。

いつも何を考えているかよくわからない、眼鏡の奥の深い瞳。今は少し何かに迷って揺らいでいる。

「……想史？」

「……」

「っていうか、なんでずっと喋ってくれなかったの？」

「…………声が、」

　きっと答えてくれないんだろうなと、私はダメ元で訊いたつもりだった。

　そしたら想史は、俯いたままだけど何かを答えてくれようとしている。

「……え？　声？」

「…………」

「声、が、どうかした？」

　俯いていた想史はちらっとこっちを見た。そして、私の顔にからかう気持ちがないのを確認したのか、決意したように口を開く。

「………声変わりがまだなんだ」

「……うん?」

「学年の男子で、たぶん俺だけ」

……そう言われてみれば。ものすごく久しぶりに聞いた想史の声は、私の記憶にあるものと同じな気がする。そして思い浮かべてみれば、クラスの男子の声はだいたいみんな低めな気がする。

そうか、男子は声が変わっていてもおかしくない時期なんだ……と納得しながら。

「……」

そんなことかーい、と思ってしまった私。

「声変わりねぇ……」

「そんなことか、とか思ってるんだろお前」

「うわ、なに想史エスパー? 読まないで怖い!」

「言わなきゃよかった……」

「いやいや……困るよ喋れないままなんて。っていうか、そこまで嫌だったの? 元からそこまで声高くないから気になんないよ?」

「俺が気になるんだよ、格好わりぃ……。あーくそ、やっぱり身長の問題か……?」

「学校でもずっと黙ってるわけ？」

「それはさすがに無理だろ」

「……じゃあ、私にだけ？」

想史は一瞬ピクッと顔を固くして私の目を見た。

私はドキドキした。なんだかものすごくドキドキした。にこっと可愛く笑っているつもりだけど、どうだろう？　心臓が口から出てくるんじゃないかと思うくらい、昂っている。だって、私にだけは高い声を聞かれたくなかったって。それって。

「……そっかぁ。っ、ふふっ」

「……おい。違う。なんか絶対に勘違いしてそうだから言うけど、違うからな」

「えー？」

にやにやと締まりなく笑ってしまうのをやめられない。

〝格好悪い部分を見せたくなかった〟

それが理由で、頑なに私と話そうとしなかったんだとしたら。こんなに幸せなことはないのかもしれない。結構長い時間寂しかったけど、それを帳消しにしかねないほどの嬉しさ。

ロリコンさんの言葉を思い出す。

〝しつこく話しかけたらいいよ〟

　彼はこの真相を知っていたんだ。なぜなら未来が見えるから。

「く、ふふ……」

「違うって言ってるだろ、笑うな……」

「いやー……うん、心配しなくても大丈夫」

「……ん？　何が？」

「声。ちゃんと素敵な低音ボイスになるよ」

　今も全然悪くないけど！　と機嫌よく笑って。

　私は想史の背中を思い切り手のひらで叩いた。

「いっ……てぇ！　お前、人のことバシバシ叩きすぎっ……」

「そんなに強く叩いてないよー」

　へへっ、と機嫌よく笑う。すべての女の子は、笑っているときが一番可愛いのだ。それは私だって例外じゃないはず。

　その証拠に想史は、不満ありげな顔をしつつも、何も言わずに照れくさそうに顔をそむけた。不思議だ。声が聞けるようになっただけで、前よりずっと気持ちがわかるような気がする。

あぁ今日は良い日だなぁ。今晩、ロリコンさんにどんな風に報告しよう。

そんなことを考えていると、私の顔はにやけていくばかりだった。

「花火も行こうね！」

「それはまだ検討中だ」

「ええっ……」

「幼馴染だからって構いすぎなんだよお前は……」

少し呆れた声で、想史はそんなことを言う。

おいおい何を言っているんだいお前さん。ただの幼馴染だと思ってたら、あんなに無視されて頑張れるわけないでしょう……と、心の中でだけぼやいた。代わりににこっと笑い返す。想史は複雑そうな顔をして続ける。

「もっと自分のこと気にしろよ」

「……そうだねー」

自分のこと、ね。

ふと自分の学校生活に思いを馳せてしまって、適当な返事をした。

学校での冴えない自分のことを思う。想史の前で精一杯明るい女の子を演じている自分が、本当は空っぽであることを思い出す。ハリボテだとか。見掛け倒しとか。

虚しくなってしまう。

「――想史は、学校楽しい？」

「普通」

「そっか」

「お前は楽しそうだな、いつも」

「……ふふっ」

いかにも楽しそうに笑って見せる。見栄っ張りすぎて自分にびっくりする。

「おんなじ学校だったら、きっともっと楽しかったね」

それだけが本音だった。

またいつもの郵便局前で私たちは別れる。

「……じゃあ。花火、ちゃんと考えといてよね」

「考える考える」

「ただ考えるだけじゃなくて、気を向けてね！」

「気を向けるかどうかを考えるんだよ、馬鹿め」

「……！」

悪態にまでじーんときてしまうから、一体私はどれだけ想史の声に飢(う)えていたんだろう。

〝馬鹿め〟と言われる気安さにもくすぐったくなって、口がむずむずする。耐えかねて最後はへらっと笑った。

「また明日！」

あー。今日がこれで終わりで、またすぐに明日の朝がやってくるなら私の一日は完璧（かんぺき）なのになぁ。自分の高校へ足を向けながら、重い足取りで思うことはひとつだけ。

（さっさと夜になればいいのに）

朝と夜さえあれば、私の一日は充分だ。

教室に足を一歩踏み入れる前。私は一度大きく深呼吸をした。私が少し頑張れば、想史が口を利（き）いてくれたように、事態を良い方へ転がしていけるのかも。——だけど思う。私は今の状況を、本当は楽だと思ってるんじゃない？

ガラッとドアを開けて、一歩前へ。今日も入り口付近の席には仲良しグループの固まりができていて、だけど今日は、その誰とも目が合わなかった。

「……」

わざわざ視界に入っていくこともない。私はまっすぐ私の席へと向かう。——ほら。誰も私に挨拶（あいさつ）とか、愛想の良さとか求めてなくってとっても楽チン。

鞄の中身を取り出して机の中へと移す。別に、机の中にゴミなんて入れられてないし、机やノートにひどい落書きをされているわけでもない。

ただちょっとみんなに嫌われていて、何やっても「感じ悪い」って言われて目をそらされるだけだ。何かを傷つけられたわけでもないし、泣くほど悲しいことでもない。見方を変えれば私は自由で、クラスメイトの顔色を窺うことなく自分らしくいられる。……自分らしさって？　これじゃダメなことくらいはわかってる。

毎日毎日、授業を受けて、お昼にはひとりでお弁当を食べて。その間、最近はずっと夜にロリコンさんと何を話すかを考えている。

未来が見えるロリコンさんと話すのは、想史のこと、最近見たテレビや本のこと。学校のことも話すけれどテストや先生の話ばかりで、思えば私がする学校の話の中に〝友達〟は一切登場しない。だからもしかしたら、ロリコンさんは今の私のこんな状況になんとなく気が付いているのかも。

部活にも入りそびれた私は帰宅部で、終礼が終わったらすぐ家に帰ろうと思っていた。だけど今日は運の悪いことに日直で、先生から放課後にノートを集めてくるよう言いつけられてしまう。更に間の悪いことにもう一人の日直は今日、風邪で休みだった。

私の席にノートは集まらない。自然と教卓に高く積まれたクラス分のノートの冊数をひとり数えて、教室のドアが開いていることを確認。自分の鞄を腕に掛け、〝よっ〟と両手にノートを抱える。これを運んだらまっすぐ家に帰るためだ。

階段を二階上って、目的の教室にたどり着くとドアは開いていた。中にいたのは先生ひとりだけ。雑多に積まれた参考書や、サンプルらしきテキストの山の奥にひとり。パイプ椅子(いす)に深く腰掛けて、時折鉛筆で頭を掻(か)きながらノートに何かを書き込んでいる。

「せんっせー」

私は気づいてもらうためにドアのところから先生を呼んだ。各科目の教室には無断で入ってはいけない。そんな、あるのかないのかわからないようなルールを一応守っている。

「おぉ、御山(みやま)か。ノート？」

「ノートです。重い」

「悪いな。こっちの机置いてくれー」

そう言って先生は立ち上がり、机に山積みだった参考書をそのまま横にスライドさせてスペースを作った。片づける気はないらしい。私は机の前まで歩みを進めて、その空いたスペースにノートの束を置く。

「さんきゅー助かった。お疲れー」

「先生煙草臭いよ」

「え」

「さっきまで吸ってたでしょ」

「あ、わかる?」

「わかるよー。校内はまずいからやめたほうがいいよー」

私が鞄を肩に掛けなおしながらそう言うと、先生はバツが悪そうな顔で〝だよなー〟と言った。強面の先生のこんな表情はギャップがあって、ちょっとだけ可愛いなんて思ってしまう。

「……御山?」

まだ机の前に突っ立っている私に、先生は〝帰んねぇの?〟と不思議そうな顔をする。

私は想史に向けるものとはまったく種類の違う、他意ありまくりの笑顔を先生に向ける。

「先生。私、喉渇いたなー」

「え」

「アイスコーヒー飲みたい」

「えー……」

先生は嫌そうな顔をするけれど、煙草がバレた気まずさから私を邪険にできない。短く切り揃えた髪の後ろをポリポリと掻いて不本意そうに「じゃあ座れば」とパイプ椅子を勧めてきた。そして、教室に備え付けてある小さな冷蔵庫の中から、紙パックのアイスコーヒーを出してくれる。

「わー快適ー」

「お前絶対に入り浸るなよ。今日だけ特別だからな」

「はーい」

先生がグラスにアイスコーヒーを注いでくれる間、おとなしく待っていると、訊いてもいないのに先生は言い訳をした。

「誰か一緒に吸いにいく奴でもいればなぁ……。ひとりで喫煙所までいくの面倒なんだよ。まあまあ遠いいし」

「先生意外と寂しがりだね」

「気持ちの悪い言い方すんな。大人相手に」

「大人ねぇ……」

大人がそう格好いいものじゃないことに最近気づいてしまったから、先生のその言葉はまったく腑に落ちない。

ぶっきらぼうに差し出された牛乳たっぷりのアイスコーヒーに「ありがとうございまー

す♡」と愛想百パーセントの笑顔でお礼を返した。

「……御山、お前さぁ」

「はい？」

ご丁寧に付けられたストローでずずっとアイスコーヒーを吸って、話しかけてきた先生に目を向ける。先生はキツめの目を少し丸くして、不思議そうに私のことを見ている。

「お前、こうしてるときとクラスでいるときと、キャラ違いすぎじゃねぇ？」

「気づかれてしまいましたか」

「っていうか、クラスではほとんど喋ってないよな？」

「心配？」

「……うーん、心配っていうか」

先生も自分の分のアイスコーヒーを用意してパイプ椅子に座る。私たちは机の角を挟んで、お茶をしながらなんてことない話をする。

「クラス替えしてもう三カ月以上経つしさ。どんな感じなんだろう、とは思うよな」

「まあ、お察しの通りですよ」

「友達いねぇの？」

「はっきり言いすぎ！」

「悪い。なんか意外と平気そうに言うから……」

「どうすんの先生！　顔に出てないだけでめちゃくちゃ傷ついてたら！　私、家では泣いてるかもしれないよ！」

「あぁうん、本当に平気なんだってことがよくわかった」

「……」

ちゅーっと私が一気にアイスコーヒーを吸うと、先生も澄ました顔でアイスコーヒーを飲んだ。先生は先生ぶらないから、彼とどうでもいい話をする時間を私は少し気に入っている。ロリコンさんと話すときに似ていると思う。

「別に平気でも、思うところくらいあるんだろう」

似ている。私の気持ちを、わからなくても想像しながら話してくれているんだとわかる。そんなところが似ている。だから私はなるべく嘘をつきたくなくて、本音が口からぽろぽろと。

飲み切ったアイスコーヒーのグラスを横によけて、ぐたっと机に突っ伏した。

「先生、私さー……」

「ん？」

「感じ悪いよね」

「……」

それは再三、クラスメイトから言われてきた言葉だ。

「わかってるの。私が悪い。最初は、私が悪かった」

「……お前がなんかしたのか？」

今年私たちの学年を受け持つことになった先生は、私が入学してきた頃のことを知らない。だから知らなくても当然だ。教えてあげるように言葉を紡ぐ。

「一年生のときから、ちゃんとクラスの子と話してないんだよ」

「……へぇ」

「最初にとった態度がまずかった。先生、私ね。ほんとはここに来たくなかったの。別の高校に行きたかった」

「どこ？」

「桂鵠高校」

「超進学校だな……」

先生の言う通り、桂鵠は今私が通っている高校より数段賢い進学校だ。だけどそこに行きたかった理由は、勉強がしたいとか大学推薦が欲しいとか、そんな理由じゃなかった。

想史と同じ高校に行きたかった。

「……それで、うちの高校に来てやさぐれたのか？」

「まぁやさぐれたよね……。〝自分は本当はここにいるはずじゃなかった〟って。クラスの子にも〝一緒にしないで〟ってバリア張ってたの。めちゃくちゃ話しかけづらいオーラ出してたと思う。私でも構いたがらないわって、今なら思う」

「そんなことになってたのかお前……」

「イライラしてたんだよ、ものすごく」

あのとき毎日お腹の中に抱えていた感情は、今思い出しても胃がずっしりと重くなる。自分の実力が足りないことが悔しかった。結果を受け入れて、上手に周りに馴染んでいけないヘタクソな自分にも腹が立った。自分に腹が立つことばっかりだった。

でも一番は。

「期待に応えられなくて、がっかりさせたのがつらかった」

「……誰を？」

「お母さん」

「……」

「受験の結果発表の日にね。掲示板に私の番号がないことがわかって、お母さんが言ったの」

「なんて……」

「〝体調が悪かったのよね〟って」

私はきっとそれを忘れないんだと思う。

「体調なんて悪くなかったよ。私は万全だった。万全でやって、ダメだった。ベストを尽くしたけどダメだった」

「……それは」

「その程度の実力だったんだよ。私はお母さんをがっかりさせたことがつらくて、それと一緒にわかってほしかった。あなたの娘は、すごくともなんともないんだよって。ただの平凡な、簡単に挫折しちゃって苦しむ子どもなんだよって」

「御山」

「先生、私、もう誰にも期待されたくない……」

「…………難しいこと言うねぇ、お前」

アイスコーヒー一杯で全部を吐き出してしまったのは、もう限界だと思っていたからかもしれない。毎日毎日、〝これじゃいけない〟と思いながら何も変えられなかった。本当は二年生になったタイミングにでも強引に変えてしまえばよかった。一年生の頃のことなんかすべて忘れた顔で、生まれ変わったように明るく振る舞って、クラスメイトに話しかけたらよかったんだ。

　できなかったのは、私の本当の性格がそんなに前向きではないから。

〝お笑い芸人は常に誰かに期待されていて地獄〟

　そんな後ろ向きな言葉を吐き出す弱さが、私の中には棲んでいる。

　先生は、先生ぶってそこで何か解答を出すようなことはしなかった。今日私が吐き出したことは、一旦私と先生だけの秘密にしていてくれるらしい。煙草のことを私が黙っておくことへのお礼だという。

「周りがどうにかしてやることとは、そんなに難しいことじゃないと思うんだがな」

「うん」

「でもきっと、そういうことじゃないよな。お前が人から寄せられる期待に対して思う色々は」

「うん。私もそういうことじゃないと思う」

　きっと、もっと私の内側の問題だ。

「じゃあね、先生。アイスコーヒー、ごちそうさまでした」

「あぁ」

　鞄を肩に担ぎなおしてドアに足を向ける。ノートを運んでまっすぐ帰るつもりが、思わぬところで長居をしてしまった。

（あ、そうだ）

最後に言っておかないと。思い出して、ドアのところで教室の中の先生を振り返った。

「煙草はほどほどにですよ！　渋沢先生」

「あぁ」

ああなんて適当な返事！　と嘆きながら、私は社会科準備室を後にした。

4.

予定運命図に落書きをして

その日の彼女はとっても上機嫌だった。

「声、にやけてるよ」

『あっ。わかる？　わかりますか？　……へへっ』

「なに、どうしたの」

『んーとねぇ……』

やけにもったいぶるから何かと思った。電話の向こうで、ベッドにショートパンツからまっすぐに伸びる脚を放り出し、楽しそうにバタつかせているところが簡単に想像できた。

……詳細に想像しすぎか？

今夜も蒸し暑い。スマホを耳に当てたままベランダの戸を開けたときに、彼女は言った。

少し興奮気味な声を抑えて。

『喋(しゃべ)ったよ、今日』

「……うん？」

『朝、想史と喋った』

「……おぉ」

おぉ！　そうか！　でかした！　と内心上がってしまったテンションをとっさに抑えて、電話口で、不自然じゃないくらいのトーンで返事をする。

「そっか。よかったね」

『よかったよ！　すごいことだよもっと一緒に喜んで！』

「すごい！　志奈子ちゃん最高！」

『ありがとう！　すごい棒読みだけどありがとう！』

「可愛い！　まじ天使！」

『ありがとう知ってる！　……なんだ、やっぱりロリコンだったか』

「こら」

ちょっと油断すると彼女はすぐに俺をロリコン呼ばわりする。

なんなんだ。彼女の中でブームなのか？

「まぁ、快挙なんじゃないの。しつこく話しかけた甲斐あったじゃん」

『うん』

返事をした彼女はふふっと可愛らしく笑う。恋をしているその声に、俺の気もふっと緩む。彼女が成し遂げたことは事実快挙だ。

「どんな話した？」

『えー？』

「にやにやしてないで教えてよ。ほら言ってみ」

『いやぁ……それでいうとたいした話はしてないんだけど』

「ほんとに？」

『うーん……口を利いてくれなかった理由、とか』

「……どうしてだって言ってた？」

ベランダに出て、そっと彼女の話に耳を澄ませる。部屋の中よりも外のほうが静かな気がした。音の少ない夜だ。

『ロリコンさん、未来が見えるなら知ってるんでしょう？』

「いいじゃん教えてよ。彼はなんだって？」

『……声変わりだって。周りの男子はみんな声変わりしてるのに、自分だけまだなのが恥ずかしかったって』

「なんだそんなことかー、ってかんじだね」

『うん、本当に』

「……」

『……』

　本当に静かな夜だ。

　なぜか沈黙が気まずくて、俺は〝ええと〟と言葉を探す。俺が見つけ出すよりも先に、彼女が口を開いた。

『私だけなの』

「……私だけって？」

『想史が高い声を隠したがったの。学校では普通に喋ってるって言ってた。私にだけ声を聞かせたくなくて、シカトして……』

「……」

『馬鹿すぎて笑っちゃうでしょ？』

「うん、笑っちゃうな」

　──なんだこれ。くっそ恥ずかしいな。

『寂しかったこととか全部吹き飛んじゃった』

「……寂しかったんだ？」

『当たり前でしょ！　一年以上シカトだよ？　普通なら心折れて絶縁だよ！』

「だよなぁ」

　だから本当に、彼女が成し遂げたことは快挙だった。さっきは冗談めかして言ったけど、最高だよ志奈子。ほんとはもっと褒めてやりたい。褒めてやりたい、っていうか。

　ありがとう、って言いたい。まぁ言えないけども。

「……話せるようになったなら、あとはなんだ。花火だっけか？」

『そう。それはまだ検討中だって』

「押し切ればいけるんじゃない？」

『うん。私もそんな気がする！』

「それから大学受験か」

『…………』

「そこは黙るんだな……」

『……だってさぁ』

　勉強は苦手なんだよ、とぼやく彼女がいつもより可愛く思えた。それはしつこいようだけど決して俺がロリコンだからではなくて。

　どことなく漂う甘酸っぱい空気に、むずむずとこそばゆい気持ちになっている。大人になってからまた味わうことになろうとは。

なんか。あぁもう。抱き締めたいな。……無理だなぁ。

大の男がひとりベランダで悶々と頭を抱えていると、スマートフォンからは弱気な声がこぼれてきた。

『……あのさ、ロリコンさん』

「ん？　いや、だから俺はロリコンじゃあ……」

『あんまり私に期待しないでね』

「……うん？」

それはどういうこと？　と俺が訊くよりも先に彼女の声はパッと明るく切り替わった。

『──それじゃあ！　私は明日の朝にも想史との闘いがあるので！　万全のお肌で臨むために寝ます！』

「お、おぉ」

そんな大きな声出して親にバレないか？　と心配になりながら、俺も明日の朝は校門に立っていなければいけないことを思い出す。

『おやすみなさい、ロリコンさん』

「あぁ、おやすみ……」

〝私に期待しないでね〟と言った彼女の声がやけに耳に残って、俺はつい否定するのを忘れたまま通話を切ってしまった。

＊

「〝私に期待するな〟というのは、どういうことなんでしょうねぇ……」

翌朝。登校してきた生徒に朝の挨拶を終え、あとは遅刻組を待つ時間。茹だるような暑さのなか、ダラダラと流れ出る汗をポロシャツに染み込ませながら俺は尋ねた。同じく当直であった渋沢先生に。

「は？」

「いや、生徒にそう言われたんですけどね」

俺と同じように汗をかき、シャツを濡らしていた渋沢先生はすこぶる機嫌が悪そうで。ただでさえ人相の悪い顔が今日は三割増しで悪人ヅラになっていた。

中身は面倒見のいいお人好しだと知っているので、言葉を続ける。

「何気ない会話の中でぽろっと言われただけだから、そんなに気にするべきじゃあないのか……」

「なんだそれ。誰の話だ?」

「いや、誰とはちょっと」

まさか「御山志奈子ですよ」なんて言えるはずがない。俺は一瞬、渋沢先生の探るような目にジリジリと焼き殺されそうになる。熱視線。……暑苦しい。

渋沢先生も、この暑さで男と見つめ合うことにうんざりしたのか、追及する目をぱっとそらした。

「……教師の悩みなんてだいたいいつも一緒なんだなぁ」

「え?」

渋沢先生はよくわからないことを言った。

昨晩、彼女が電話の向こうで「期待しないで」と言ったとき。俺は心臓のあたりがヒヤッと冷たくなった。——見透かされたような気がしたから。俺のしている〝ズル〟を全部わかっていて、「期待するな」と釘を刺してきたのかと思った。

そんなわけないんだけど。

「まぁ学生の頃なんてな。あれもこれも初めてのことの連続なんだから、悩みは尽きなくて当然なんだよ」

「……うん、そうなんでしょうね」

「一緒になって悩んでやるのはもちろん大事だけどな。正直、キリがないところもある」

「えっ、突き放しますかそこ」

「だって仕方ねぇだろ、キリないのは事実だよ。ひとクラス三十人以上いて、そいつらが三六五日ひとつずつ悩みを抱えていたとしてだぞ」

「キリないですね……」

「だろ？」

茹だる暑さのせいで、単純な暗算すらも億劫で。脳が考えることを拒否する。

炎天下。見える限りでは焦って駆けてくる生徒の姿はない。今日は誰も遅刻せずに来たのかもしれない。

そろそろ戻りますか、と言おうとしたときに渋沢先生が言った。

「自分自身にしかどうにもできない問題もあるだろ」

黙って渋沢先生の横顔を見た。じんわりと汗をかいている横顔。眉間を、滴になった汗がたらりと零れる。

「どうにもできないっていうか。やりようによっちゃあ周りがなんとかできるんだろうけど、そうじゃなくて。本人がどうにかしなきゃ、意味がない問題がある」

――それは誰の話だ？

「一個ずつの悩みに付き合うのはキリがないけど、うだうだと周りにばっかり期待してる奴がいたら〝それはお前の仕事だよ〟って教えてやらないといけない」

「……はぁ」

「ちゃんとわかってる奴もいるから、そういう奴には特にくどくどと言う必要もないんだ」

なんだか妙に居心地が悪い。なんだろう。

やっぱり渋沢先生は、全部知っているんじゃないかと思った。

＊

最近やたらと周りで結婚する奴が増えたと思う。会社の同僚は勿論。高校や大学の同級生とか。従兄弟とか。親から聞いた話では、同じ小学校だった奴の結婚もちらほら耳にしたりする。あと、幼馴染とか。

俺はというと、大学で付き合った彼女と教師一年目に別れてからは特にそんな相手もできず。教師は意外と出会いがないのだ。

「あ、なおちゃんじゃん」

授業を終えて職員室に戻るところだった俺に、誰かがそう声をかけた。振り返ると、今ちょうど『源氏物語』を教えているクラスの生徒だった。「光源氏ロリコンじゃん……」とつぶやいた奴だ。名前は三原。目の上でぴしっと切り揃えられた前髪が志奈子を思わせるが、あの子とはまったくタイプが違う。いつもどこか気だるげでドライなタイプ。スカートの丈は長く、靴下は下の方でくしゃっとさせている。これが今どきの流行なのか……。

俺のことを〝なおちゃん〟なんて気安く呼んで近寄ってきた。ここは一発びしっと言っておかねばならん。俺はキリッとした顔をつくって三原に言ってやった。

「こら、三原。なおちゃんって呼ぶな。ちゃんと先生って呼びなさい」

「なおちゃん先生？」

「違う。名字で」

呼べ、と厳しい顔をして言ってみたが、三原は眉を顰めて不服そうに口を尖らせた。

「えー。なおちゃんのこと直江先生って呼んでる子、見たことない……」

「えっ、んなことないだろ」

「そりゃ先生の前だったらおとなしい子とか委員長はさ、ちゃんと呼んでるかもしんないけど。裏じゃみんな〝なおちゃん〟って呼んでるよ」

「……」

「変なあだ名付けられるよりマシじゃない？」

けろっとした顔でそう言って、三原はごく自然に俺の隣にきて一緒に歩き出した。下校するところなのか背中にシンプルなリュックをしょって。キャラクターもののキーホルダーがじゃらじゃらと揺れる。

下駄箱（げたばこ）近くの玄関までは一緒か、と思っていると、三原のほうが会話を繋（つな）げてきた。

「思ったんだけど、やっぱり〝なおちゃん〟ってあだ名も、充分変だね」

「勝手に呼んでおいて……？」

「私が呼び始めたんじゃないもん。でも、」

「先生の名前、〝直江想史〟なんだからさ。あだ名は〝そーちゃん〟のほうが自然じゃん」

〝想史〟と。

最近はすっかり、電話の向こうの彼女が向こうの彼を指すときにしか聞かない自分の名前に、ぴくっと反応してしまう。ごまかすように返事をした。

「……渋沢先生がいるからじゃないか？」

「渋沢先生？」

「名前、〝渋沢草太〟っていうんだよ。昔は生徒に〝そーちゃん〟って呼ばれてたらしいし、被るからだろ」

「えぇっ……渋沢先生をそんな風に呼ぶのとか絶対ムリ。絶対しばかれるじゃん……」

三原のその一言で、自分にはまったく威厳がないことが判明した。まぁうん、そうだよな……。俺も渋沢先生みたいに目力があれば……。なんて、そんなことを考えているうちに玄関の前に差し掛かった。

三原は「バイバイなおちゃん」と、やっぱり俺を気安く呼んで下駄箱へと駆けていった。


テストの問題を作り終えて、一人で暮らすマンションまで車を運転して帰る。学校から俺が住んでいるマンションまでは徒歩だと四十分近くかかってしまう。今の高校への赴任が決まったタイミングで見つけた新しい住処。

かつては自分の通学路でもあった郵便局の前を過ぎて、よく足を止めていたガードレールの前も過ぎて。俺が住むマンションはまだこの先をしばらく進んだ所にある。懐かしい道を抜けると、ひとつの気持ちに急かされた。

（はやく、彼女に電話）

最近は登下校で思い出してばかりだ。——どうしてこうなったんだっけ？

幼馴染の女の子のことをよく考えるようになったのは、最近のことだ。

付き合っていた彼女とは教師になってすぐに別れているから、寂しさからではない……と思いたい。強いて言うなら、今の自分と幼馴染の間にある繋がりに、最近になって気づいたから。

——ゴールデンウィーク、俺は地方にある実家に帰省していた。大学に進学して俺が一人暮らしを始めると同時に、実家は地方に住んでいる祖父母の元へと移っていたのだ。

母親は言った。世間話の中でさらっと。台所で味噌汁をつくりながら背を向けて、居間で横になってテレビを見ていた俺に向かって。

〝やだあんた、気づいてなかったの？〟

〝もう赴任して五年目でしょ？　てっきり知ってると思ってた〟

俺が赴任した高校が、幼馴染がかつて通っていた高校であることを。高校の頃から疎遠になってしまって、それきり連絡も取っていない。いつの間にかお隣さんですらなくなっていた、幼馴染の御山志奈子が通っていた高校であることを。

御山志奈子は、小さい頃からなにかとうるさい奴だった。一番古い記憶では幼稚園のとき。母親たちに連れられて幼稚園から家に帰るときにも、志奈子はずっと大きな声ではしゃいでいた。

『ねぇねぇそうしくん！　見て見て！』

手を引っ張ったり、服の裾を引っ張ったりしながら志奈子は目をキラキラとさせて俺にいろんなものを見せた。アリの行列。雨上がりの虹。草むらから出てきた殿様ガエル。俺が一言「すごいね」と言うと、ひときわ目をキラキラとさせて嬉しそうに笑った。

少しの屈託もない。影もない。後ろ暗いものとは無縁な彼女はずっと俺の隣で声をあげて笑っていたのだ。

それがそのまま小学生になって。中学生になって。高校生になって。……別に鬱陶しくなったわけではなくて。俺と彼女は別々の高校に通うようになった。その中できっと、気づかれてしまうと思った。志奈子の学校の男子が声変わりを済ませている中で、俺の声だけがずっと変わらず高いままであることに。

いくら母親に「そんなのは個人差だ」と言われても格好悪いと思ったし、志奈子にだけは絶対にバレたくないと思った。そう思うと俺は彼女の前で声が出せなくなって。朝、登校するときに家の近くで会っても、俺は志奈子の言葉に返事はせず、首を縦に振ったり横に振ったりするだけでかわすようになった。自分の声はいつ、他の男子と同じように年相応に低くなるんだろうと思いながら。

バレたくないと思う相手がどうして志奈子だけだったのか、高校生のそのときは深く考えてもいなかった。ただ漠然と、昔から自分のことを知っている彼女に、自分が何も成長してないことを知られるのが嫌だったとか、なんとか。きっとそんなところだろう、と。

それが「好き」ってことなんだと気づかないばかりか、自分のことだけじゃなく、志奈子の気持ちまで見誤った。俺が黙っていたところで、志奈子は隣で楽しそうに笑っているものだと勝手に思い込んで。

だけど隣の志奈子は段々と静かになっていった。俺は志奈子の前で、声の出し方だけじゃなく、彼女との話し方もわからなくなってしまって。

そしてそのままふたりは疎遠になった。

隣に住んでいるはずなのに、一週間くらい姿を見ない日がザラにあった。俺は毎朝誰も座っていないガードレールを一瞥してから角を曲がることが癖になって。

姿を見かけても後ろ姿なことが多かった。正面から彼女を見ることはなくなった。ごく稀に、ひとりで家に帰り着く彼女を遠目に見かけたときにはとても静かに目を伏せていて、なんだか知らない女の子のように見えた。俺は明るい志奈子しか知らなかったから。

それから俺たちはそれぞれ高校を卒業して、それぞれ大学に進学した。正直その頃には、志奈子のことをあまり考えなくなっていた。

大学進学をきっかけに一人暮らしを始めて、生活が変わって浮足立っていたのだ。実家からそう遠くはない大学だったけれど、自分でバイトをして、身の回りのことをして。わりとすぐに大学で彼女ができたりしたもんだから尚更、浮かれていたと思う。住む場所を変えたから、誰も待っていないガードレールを見て寂しくなることもなかった。

簡単に途絶えてしまった関係だ。だからたぶん、ゴールデンウィークに母親の口から志奈子の名前が出てこなければ、こんなに思い返すこともなかった。自分が今教鞭をとっている高校に、かつては彼女が通っていたなんて。

そう言われると嫌でも思い浮かべてしまう。

教室の真ん中で高らかな声をあげて笑う彼女。

自販機の前でどのジュースを買おうか迷って。

グラウンドで体育にやる気をだして、こけて。

階段の踊り場で学校の男子から告白されたりする。


彼女がここの生徒だったのはもう十年も前の話で、今はもう何の痕跡もない。別の高校に通っていた自分は、この学校で過ごしていた志奈子のことなど知りえない。

思い浮かべたことは全部ただの想像だけど、全部ここで本当に起こったことのような気がした。笑い声まで聞こえてきそうだった。


古典の小テストの最中。五分間の静寂の間、教卓の前に立ちながら。

（……声、聞きたいな）

（無理か）

そんな風に思うことが増えて。

だからと言って、今更連絡をとろうなんて思わなかった。親に志奈子の連絡先を訊くのも、逆に「どうして？」と訊かれてしまっては困るし。今でも彼女はあの家に住んでいるんだろうか。一度訪ねてみようかとも考えたが、それだって「どうして？」と言われると困ってしまう。第一、志奈子に、今更なんて挨拶すればいいのか、さっぱりわからなかったから。

彼女のことを思い出すことが増えていた、ある日。俺は御山志奈子の名前を意外な形で聞くことになる。


「――――は?」

「早いよなぁ。いや、早くはないか……。でもさ、会社の奴とかならまだしも、子どもの頃を知ってる同級生が結婚するっていうのはなんか、焦るよな」

「……結婚?」

中学、高校と仲が良かった友達と久しぶりに飲んだときのこと。「別にまだ若いんだからやっすい居酒屋でいいだろ!」と入った居酒屋チェーンの、カウンターで。何杯目かの飲み放題のビールを飲み干したそいつは赤くなった顔で言った。

〝結婚〟?

いや、結婚自体はもう珍しいことではないけど。……………誰が?

「お前たしか幼馴染だっただろ? 御山志奈子。中学の頃お前にべったりだったよなぁ。〝絶対想史と同じ高校に行く!〟って息巻いてたっけ」

「……」

「でもそれでいうと……結局落ちたんだったな」

「……」

「うるさかったけどなぁ、御山志奈子。でも、顔はまあまあ可愛かったな……」

「…………結婚？」

そいつの話はほとんど頭に入ってこなかった。それよりも、驚くほどピンときていなかった。結婚。志奈子が。……へー。ふーん。そう。…………そうか。

「……想史？ ……っあ！ おい！」

飲み放題の日本酒をぐっと煽った。そこまで酒に強いというわけではないけれど。

「想史っ……」

（違う。お前じゃねぇ）

手酌でおちょこに日本酒を注ぎ足す俺を止めようとするそいつの手を避けながら、思っていた。

（お前じゃねぇよ）

そうやって名前を呼んでほしいのは、お前じゃなくて、

「…………結婚すんのかよ」

情けないにもほどがある。

もう十年もまともに言葉を交わしていない幼馴染の結婚を、本気で嘆いている。情けないとしか言いようがない。見栄を張って「めでたいな」って言うこともできなかった。心にもないことは言えないみたいだ。こういうときだけは。

昔は、格好悪い部分は一切見せたくなくて、見栄ばっかり張っていたのに。今はどこまでも格好悪く落ちていけそうだった。

格好悪いついでに。

「……なぁ」

「な、なんだよ」

徳利を空にした俺を「大丈夫かこいつ」という目で見ていた奴の、腕をがっしりと掴んだ。

「一生のお願いがあるんだけど」

言い訳をするならばその時の俺はだいぶ酔っていた。幼馴染の結婚を知って、居ても立ってもいられない気持ちになって〝一生のお願い〟を行使してしまうくらいには。頼み事は、結婚の話を聞いたという女友達から今の志奈子の連絡先を聞き出してもらうこと。

あれ？　俺のしてることってまあまあ気持ち悪いな……？

お願いしたそばから後悔したけど、そいつの女友達は快く志奈子の電話番号を教えてくれた。おいおいいいのかそれで……と思いながら。カウンター席の俺の隣。そいつが電話の相手と機嫌よく会話しつつ、紙ナプキンにボールペンで電話番号を殴り書きするのを不思議な気持ちで見ていた。

こうして俺は〝一生のお願い〟を早々に使い果たし、電話番号が書かれた紙ナプキンを大事に持ち帰った。一人暮らしの家に帰る頃には酔いも醒めていて、このときの俺はシラフだった。シラフだったけど、もう手の中には彼女に繋がるための足掛かりがある。手に入ってしまった。それを今さらどこかにしまい込んでおくことができるほど、俺は冷静ではなかったので。

神妙な面持ちでソファに腰掛けた。

深呼吸をした。

左手に番号を殴り書いた紙ナプキン。

右手にスマートフォン。

冷静に、冷静に……とまったく冷静ではない心臓と頭に呼び掛けて、俺はその番号をタップしていった。最後に発信ボタンを押して。そっと、右耳にスマートフォンをあてる。

——プルルルルルル。

よく聞く発信音が鳴ったから、まったくデタラメな番号を教えられたわけではないらしいと一安心。

プルルルルルル。

2コール目が鳴り始めた段階で不安になった。もしこの電話に志奈子が、出なかったら。俺にしつこくかけ直す勇気があるだろうか？　何回もかけてきたなんて、相当気持ち悪がられてしまうんじゃないか。

プルルルル、プッ。

3コール目が、途切れた。志奈子が電話に出た。

一気に緊張が高まって、思わずソファで姿勢を正す。——なんて言うつもりだったんだっけ？　頭が真っ白になるのを〝やばい〟〝だめだ〟と必死で頭を働かせようとして、とにかく黙ってちゃだめだと声を出した。

「……もしもし。……志奈子？」

電話の向こうから返答はない。あぁでも、突然名前だけ呼んだんじゃ、誰からの電話かもわからないか。不審にも思うか。そうだよな。

「突然ごめん、俺……直江だけど。直江想史。……覚えてるか？」

「…………」

「…………えっ？」

電話は確かに繋がった。一瞬だったが向こう側にある空気を感じ取ったし、彼女のものらしい息遣いも聞こえた。だけど志奈子の返事はなく、〝ぷつっ〟と音がして通話が途切れた。

電話を切られたわけじゃあない。通話が途切れる音の後で、よく聞き慣れた、電子音のメロディーが流れだした。これは……保留音？

（……保留されている……？）

俺はソファで姿勢を正したまま、その場に固まっていた。無機質な電子のメロディーがずっと流れている。それはなかなか鳴り止まず、通話は切られもしなければ、保留を解かれることもない。

「…………」

スマホをあてている右の耳と手のひらに、じんわりと嫌な汗をかく。志奈子は何を考えているんだろう。俺からの電話だとわかって切ったつもりが、間違って保留を押したのか？

もう十年も経ってしまったから。俺が知っている彼女とはまったく違っているのかもしれない。そう思うと電話の向こうの意図はまったく読めなかった。

「…………」

それでも繋がってしまったから、自分からこの電話を切ることができずに。

スマホをあてている右耳が痛くなってきた。俺は姿勢を一度崩してソファに深くもたれかかる。目を閉じる。いつ終わるかわからない電子のメロディーに耳を傾ける。

そうしながら考えた。冴えない毎日のなかで彼女のことをたくさん思い出していた。自分が教鞭を執っている教室で、彼女は明るい声でいつも幸せそうに笑っていたことを思う。どうして今、自分と志奈子はこんなに遠いんだろう。どう考えても自業自得だった。

自業自得だとわかっているから、別にこの電話でどうこうしようなんて思っていなかった。あまりに距離が離れてしまったし時間も経ってしまったから、気味悪がられたらそれまでだと思っていた。いっそそのほうが未練も残らなくていいとすら。――ただ。

なんでかなぁ。すごく声が聴きたかったんだ。

「今更」って怒られてもいいから。

「二度とかけてこないで」って嫌われてもいいから。

こんなのは格好悪いって痛いほどわかっていて、それでも。

どうしても一度だけ。


声が聴きたい。


目と鼻の奥がツンと熱くなって、情けないけど泣くかと思った。十年も経って意味がわからない。痛くなってきた右の耳から流れ込んでくる電子のメロディーが、永遠に続くかのように思えた――その時。ぷつっ、とまた音が途切れた。電子音は中途半端なところで鳴り止んだ。代わりにまた、電話の向こうに流れる空気を感じ取る。

「…………志奈子？」

どんな感情を持った声だっていい。なんだっていいから一度だけ声を――そう願って彼女に呼び掛けた。すると電話の向こうから。

『………もしもし？』

「！」

恐る恐る、といった感じの女の子の声。聞こえた声は間違いなく、高校のある時点までしつこく俺の名前を呼んでいた声だった。高すぎず、低すぎず、俺の耳によく馴染んでいく。

『あの……誰ですか？』

「あ……」

――何か喋らなければ。実に十年ぶりに聞けた声に思考が停止してしまっていた。

これじゃいけない、と焦った頭が、よく吟味できていない言葉を勝手に吐き出していく。

「誰、って……さっき名乗っ……」

『あっ！　もしかして新手の塾の勧誘⁉　前にもあったけど、こんな子どもの番号にかけてきても意味ないですよ！』

ぎゃん！　と上がった声のボリュームがうるさくて、思わず耳からスマホを離した。こいつ、全然変わってないな？　大人になってもうるさいのかよ……と呆れつつ、嬉しくなったりして。一瞬後に強烈な違和感に襲われた。

……〝塾〟？

……〝子ども〟？

『っていうか、どっから女子高生の携帯番号なんて仕入れてくるんです？』

…………〝女子高生〟？

　俺と同学年であるはずの彼女の口から、違和感のあるワードがぽんぽん飛び出してきた。二十七歳は塾には通わないし、子どもではないし、一般的には女子高生でもない。何を言っているんだこいつは……。しかもなんか、よくよく聞くと声が若すぎやしないか……？

電話の向こうの彼女の声は、〝志奈子だ〟と一瞬で俺が確信するほど当時のままだ。そりゃ、男の声変わりみたいに一変することはないんだろうけど。それにしたって。

『……あの』

「……」

　あまりに、記憶にある彼女の声そのものだったから。〝馬鹿げてるな〟と思いながらも、ひとつの考えが頭に浮かんでいた。

「……御山、志奈子。……さん」

『はい、そうですけど……。あの、ほんとになんなんです？　勧誘ならもう切ります』

「いや、待って」

俺が今話しているのはたぶん、高校生の御山志奈子だ。

んなわけねぇだろ……と冷静な頭が否定する一方で、確信していた。スピーカーから発する音の波で揺らされる鼓膜が。肌が。すべて十年前に隣で笑っていた彼女の像に結びついて。

「砂見高校の、御山志奈子さん」

『だからそうですって。っていうかやっぱり！　勧誘じゃないですか！』

切ります！　と喚く志奈子の声に耳が痛くなりながら。今、とても不思議なことが起きているんだと実感していく。

高校生であることを彼女は肯定した。それを志奈子の悪い冗談だと思うこともせずに俺は、この電話が過去に繋がっているんだと信じた。

俺が強く〝声が聴きたい〟と願ったから、それがこんなとんでもない事象を引き起こしたんじゃないか、なんて。馬鹿げてるけど、それほど強く願っていたのは本当だから。

電話の先にいるのが高校生の志奈子だと確信して、まっさきに考えた。

——過去を変えれば、今を変えられる？

「……待って。切らないでくれ」

電話の向こうの怪訝(けげん)そうな空気感。不機嫌に息を吐く音。……どうすれば彼女を誘導できる？　どうすれば彼女の気を引いて、この電話を続けられる？

過去を変えてもらおうと思ったら、ある程度俺のことを信用してもらわないといけない。でも、本当のことを話したところで…………いや、格好悪すぎて。とても言えないと思った。

『……なんの用があってかけてきたんですか？』

「…………ええと」

ふと、思い出した。彼女と俺は、時間が違えど同じ高校に通っていることになる。

それから必死で渋沢先生が話してくれた昔話の数々を思い出して、もう、これしかないと思って言葉にした。

「――――俺には未来が見えるんだ」

もちろん志奈子は電話口で『……はぁ？』と不信感丸出しの声を出した。けれど俺ももう、後には引けなかったから。記憶の引き出しから必死で、学校の昔話をかき集めて、志奈子が高校生の頃に起こったと考えられる話をどんどんぶつけた。

——音楽のユキ先生はもうすぐ妊娠を公表して休職に入る。

（そして今では復職されてお子さんも大きくなっている）

——軽音楽部だった卒業生がメジャーデビューを果たす。

（そしてそこそこヒットするが、ヒットは続かず最近解散した）

——渋沢先生は元教え子とすったもんだあって結婚する。

（そして結婚十年目にもかかわらず喫煙所でたまに俺に惚気を披露する）

　俺が話したことはすべて、高校生の志奈子がまだ知りえない未来のこと。彼女は始終『うっそだぁ』と笑っていた。ぴたりと未来を言い当てたわけではないけれど、彼女は俺の話を面白いと思ってくれたらしい。

『ねぇ、じゃあ、私のことは？』

「え？」

『お兄さん、未来が見えるんでしょ。……私は？　未来の私は、お兄さんにはどういう風に見えてるの?』

「……未来のきみは」

未来なんて見えるはずがない。

見えたとしたら、俺は情けなく泣きそうになったりなんかせずに、もっとうまくやってたよ。馬鹿な見栄で志奈子のことをシカトしたりなんかしなかった。絶対に。

未来は見えない。ただ俺に見えている今が、彼女にとっての未来だっただけ。それでいうと俺が今知っている未来の志奈子の情報は、〝もうすぐ結婚するらしい〟ということだけだ。

『……なに！　もったいぶらないで、変にドキドキする！』

「未来のきみは…………未来のきみは、冴えないな」

『……え?』

「大学生のきみも、社会人のきみも。ずっとひとつのことに後悔して縛られてる」

『…………えぇっ!?』

何それ不吉！　やだ！　と喚く彼女の声に鼓膜を叩かれ、俺はものすごい罪悪感に襲われていた。

冴えない、って誰のこと?　俺だな。

ずっとひとつのことに後悔して縛られてるって？　……俺のことだな。

罪悪感はものすごいのに、口から出てくる言葉は止まらない。

「大人になったきみは、高校生のあのときにもっと頑張ればよかったって、ずっと後悔してるよ」

そうして半信半疑だった彼女は俺の言葉に危機感を覚え、なんとなく電話は続行されることになった。「未来が見える」と嘘をついた俺は彼女の助言者になった。次もちゃんと過去に電話が繋がるのかと心配したけれど、次の夜も電話に出たのは高校生の志奈子だった。

数日して志奈子から「ユキ先生、本当に妊娠してた」と報告があり、それをきっかけに彼女は本格的に俺を信じるようになった。そして、片思いをしている男の子の話をしてくれるようになった。言っちゃなんだが、もちろん俺のことだ。

志奈子は俺のことを〝所詮(しょせん)顔も見えない相手〟と割り切ったのか、随分(ずいぶん)と素直に自分の気持ちを話してくれた。

最近の会話を思い出す。

『想史ともっと話せるようになんなきゃなぁ』

「今日の戦績は？」

『ダメダメです。たまに頷くとか反応はしてくれるんだけど、基本的にはシカト。なんでなのかなぁ……』

先立ったのは〝申し訳ない〟という気持ち。彼女が気にしている当時の俺の態度に、そんな深い意味なんてない。〝ただ変な声を聞かれたくなかっただけなんだ、ごめん〟……なんてことを、今の俺が言えるはずもないので。

「しつこく話しかけてみたらいいよ」

そんな他人事な言葉で。

『……でも、そろそろうざいんじゃないかなぁ。嫌われるかも』

高校生のあのとき、ひたすらキラキラとして、悩みなんて何もなさそうに見えた女の子が、俺のことですごく頭を悩ませている。

申し訳ない気持ちがもちろん大きいけれど、なんだか少し嬉しくて。にやけそうになる。にやけそうになりながら、彼女の背中を押す言葉を紡いだ。

「大丈夫。それだけは絶対にない」

『……なんで言い切れるの？』

「可愛い女の子に言い寄られて、悪い気する男なんていないんだよ」

『ロリコンさん、私の顔見たことないじゃん』

「そうだった」

　ははっ、と俺はつい機嫌よく笑ってしまった。決して名乗ろうとしなかった俺を、志奈子は勝手に〝ロリコンさん〟と呼ぶようになった。

　高校生の彼女が俺を諦めないように、傍観者（ぼうかんしゃ）のフリを決め込んで必死に言葉を尽くした。

　志奈子が高校生の俺の口を開かせるまで、しつこく話しかけるように。

　志奈子が俺と同じ大学に通えるように。

　志奈子が俺と一緒に花火大会に行くように。

　それは間違いなく彼女の望みでもあるんだろうけど、どう考えたって俺のほうが、切実にそれを願っているのに。

〝御山志奈子が結婚する〟という決まり切った事実を覆（くつがえ）すためだけに。

——これが、今日まで俺がしてきた〝ズル〟のすべてだ。

5. なんの問題もない恋なんて

大人になった私は、今よりずっと賢く美しい、素敵な女性になっているはず。——最近までは漠然(ばくぜん)とそう信じていた。

一度受験に失敗し、人から期待を寄せられることにひどく抵抗を感じるようになった私は、もう今の自分になんの期待を持つこともできなくなっていて。〝明日は変わろう〟と思うのに、いつまで経っても、朝、クラスで「おはよう」と笑うだけのことができないままでいた。

今の自分には到底期待できないから、行き場をなくした期待はそのまま未来へスルーパス。今は何も変えられないけど、大人になれば何かしら変わっているはずだ。例えば来年。例えば五年後。もしかしたらもっと先になってしまうかもしれないけど……いつかは理想の自分になれている。スマートで人付き合いが上手で。誰の前でも心の底から機嫌よく綺(き)

麗(れい)に笑えて、周囲の人から愛されて。

そんな風に変わっていくことは、歳(とし)をとるのと同じくらい自然なことだと思っていた。

そこに〝今の私が頑張る〟なんていう発想はなくて。

だけど意外な人から電話がかかってきたあの日に、私は知ってしまったんだ。できれば知りたくなかったけど。漠然と信じていたことが木端微塵(こっぱみじん)に打ち砕(くだ)かれて、今、ほんとはとっても困っている。私を困らせている事実はひとつだけ。


大人は案外、そんなに素敵じゃない。

*

「……なんでお前がいるんだよ」

「えー？　いやぁ、奇遇だねぇ想史(そうし)くん」

私はこの偶然を心底喜ぶような笑顔を彼に向けた。そして想史の隣で筆記用具や参考書を勝手に広げていく。

「おい」

「大丈夫。黙って勉強するから。邪魔しないから」

「だったら離れた場所で……」

「私がいたら集中できないの？」

「……」

「なんで？　……緊張するから？」

「お前最近図太さが増したよな……」

あっ。それ地味に傷つくな……。

傷つくけど思ったことは顔に出さずに「へへーっ、ありがとー」と笑う。「全然褒めてねぇ」と怒られる。図太さが増したとしたら、それは今の私が、想史にまつわる参考書を持っているようなものだから。

テストが間近に迫ったこの日、想史が図書館でひとり勉強していることを、ロリコンさんは昨晩の電話で教えてくれた。『朝しかチャンスがないのは厳しいよねぇ』と嘆く私に、『じゃあ昼も会えばいいじゃん』とさも簡単なことのように。

ロリコンさんには未来が見えて、そしてそれははずれない。

想史が私を憎からず思っていることも、未来が見える彼の言葉の節々から読み取れてしまった。だから、ちょっとくらい大胆なことを言っても大丈夫。そうじゃなきゃ「私といたら緊張する?」なんて言えるわけがない。

勉強すると言った手前、喋(しゃべ)ってばかりいたら席を離れて行かれてしまう。私は問題集に視線を落として想史に話しかけた。

「ねぇやっぱり、桂鵠(けいこく)のテストって難しい?」

「んー、どうだろ。まあ、一夜漬けとかじゃ無理だな」

「そっかー」

「お前んとこは?」

「びびるくらい簡単」

「じゃあなんで図書館に来たんだよ」

その問いかけに釣られて顔を上げる。想史は自分から訊いてきたくせに、特に興味なさそうにして問題を解いていた。読んでいたのは古典の原文。「光源氏(ひかるげんじ)」という単語が目に入ったから、読んでいるのはたぶん『源氏物語』だ。

なんで来たんだよって、そりゃあ。会いたかったからですけど。……と思わず真面目(まじめ)なトーンで言いそうになった。

黙った私を不思議に思った想史が顔を上げる寸前に、パッと表情をつくる。

「えっ、それ訊く? 訊いちゃう? 恥ずかしいなぁもぉー!」

「志奈子うるさい」

一瞬で表情を変えた自分はピエロみたいだと思った。たった今自覚した。私は想史に、真面目なトーンで何かを伝えることがとっても恥ずかしい。

思い返せばいつもそうだった。明るい声をあげたら振り向いてくれる。それに味をしめて、なんでもないことは大袈裟に。本当に思っていることは茶化して伝えてきた。

真面目に想史に告白している自分の姿がまったくイメージできない。


こういうことか、と思った。


想史はもう集中して自分の世界に入っていて、黙々と古典の例題を解いている。私は隣で、数学の参考書をパラパラと捲って読む素振りで想史の横顔を盗み見る。

睫毛が長い。鼻筋が綺麗だ。形のいい顎。そこから首に続く絶妙なラインと、喉仏。

――好きな形しかない。

私の好きな形をよせ集めてオーダーメイドされたみたいな。それくらい、好きな造形をしている。

(……こっち見ないな)

こんなに穴が開きそうなくらい見つめてるのに。

想史は私のことを憎からず思っている。だけど恋には落ちていない。目で追うほどの必死さを、彼はまだ持っていないのだ。

そう思うと、ロリコンさんの力を借りて対策を練ったところでゴールはまだまだ遠い気がした。

「――志奈子」

「う、えっ」

見つめていたら唐突に名前を呼ばれた。動揺で声が上擦る。想史の目線は古典の原文に落ちたまま。

「人のこと見すぎ。何？」

なんでこっち見ずに気づくの……。

私は若干の気まずさと照れを顔の下に隠して、〝へへっ〟と頼りなく笑って見せた。

「数学がわからなくて……」

「……」

「あっ、大丈夫。教えてとかそういうんじゃないから。邪魔しないから。お気になさらずどうぞ自分の勉強を……」

「どれ？」

想史が〝仕方なく〟という顔で、体ごとこちらに向けて椅子に座りなおす。

「………これ」

なるべく解の複雑そうな証明の問題を私は指差した。そこめがけて想史の顔が近づいてくる。睫毛や鼻筋、顎や喉仏。私の好きな形ばかりした想史がすぐ目の前まで。

「ああ、これな……」

「うん」

「これは出やすいパターンのひとつで——」

解説を始める想史。眼鏡の下の目は動揺もなく静かに問題文に伏せられている。……わぁ、むりむり。なんか説明してくれてるけど全然頭に入ってこない……っていうか近いな！　それに想史の匂いがする。

「——で、だから、ここが等しいとしたら——」

(私もうバカでいい……)

それじゃおんなじ大学に行けないのに、本末転倒なことを思った。

少し浮かれているんだと思う。もしかしたら二度と喋ってくれないかもしれないと思っていたし、いつのまにか嫌われてしまったんじゃないかとすら思っていた。言葉が返ってこないのはつらかったし、もう諦めようかなって、ほんとはちょっと考えていた。

ロリコンさんに『しつこく話しかけてみたらいいよ』と言われなかったら、きっとやめていた。それが一度口を開けば、ぶっきらぼうな言葉も照れ隠し。素っ気ないくせに優しいし、面倒見いいし。なんだろうな。喩(たと)えるなら……。呪いで冷たくなってしまった王子様を、自分の力で助け出したみたいだ。

「……志奈子、聞いてる？」

想史はぱっと、数学の問題の上から目線を上げた。純粋な目で私を見る。

恋にはまだ気づかない。私はまだ呪いを解いただけ。

「うん、聞いてるよー」

私に課せられたミッションはまだまだこんなものじゃない。人から期待されることにはうんざりだけど、私にも果たしたいことがある。

そしてそれはたぶん、ロリコンさんと手を組んでる今ならやり遂(と)げられる。

＊

その日の夜も十時頃に電話がかかってきた。

「もしもし」

『もしもし。こんばんは、志奈子ちゃん』

「ロリコンさんこんばんは」

『俺はもう謂れのないそのあだ名で呼ばれ続けるのかな……』

「こんなピカピカの女子高生に毎晩電話してきて、それでもロリコンじゃないって言う？」

『言うよ。前にも言ったけどきみはロリータではないし、俺だって別に、女子高生に見境なく電話かけてるわけでもないし……』

「じゃあなんで私だったの？」

『……』

あ、困ってる。

私はベッドに座ったままゆっくりと壁にもたれかかる。窓を開けていても夏の夜はじんわりと暑い。電話の向こうに流れる空気も、じんわりと濃くなった気がした。

『──きみが、』

どうして私だったの。

それはすごく訊いてみたかった。彼の紡ぐ言葉を胸に落とすように目を閉じる。

『きみが、特別だからだよ』

恥ずかしすぎて思わず吹き出しそうになった。

「……ロリコン！」

『こら』

私はけらけら笑って、それ以上は追及しなかった。

「今日はね、図書館に行ってみた」

『ああ、そうなんだ』

「ロリコンさんが言ってた通り」

『彼がいた？』

「うん」

『勉強してた？』

「めちゃくちゃしてた。古典やってた」

『……へぇ』

ロリコンさんの声は少し意外そうだった。何をそんな意外に思ったのか。それも特に追及せずに言葉を繋ぐ。

「聞いてロリコンさん」

『聞いてるじゃん。何？』

「……想史に勉強教えてもらっちゃった！」

きゃー！　と私はこれみよがしに浮かれた声をあげて脚をベッドの上でバタつかせる。

電話の向こうでふっ、と笑う気配。

『良かったね。数学？』

「うん。さっぱり頭に入ってこなかったけど！」

『そんな堂々と……』

「すごい進歩じゃない？　一年以上無視されてたところから、勉強を教えてもらうって。革命が起きてる！」

『うん、すごい進歩だと思うよ。革命だ。志奈子ちゃんはめちゃくちゃ頑張ってると思う』

嬉しそうなロリコンさんの声を聞いて、私はつい黙ってしまった。

『……志奈子ちゃん？』

「あ、いや……」

大人びた優しい声に「めちゃくちゃ頑張ってる」と認められて、私は嬉しいやらなんやら複雑な気持ちになる。心地よくこそばゆい会話。いつまでも聞いていられそうな声。

私が好きなのは想史。……と、なぜか自分に言い聞かせるように強く思った。

「……帰りにね、アイス買って一緒に食べたよ」

『絵に描いたような青春だ……』

「そんな大それたものじゃない。ロリコンさんだって経験あるでしょう？」

『高校生の頃に？　ないよ。友達とはあっても、好きな女の子と帰りに一緒にアイスを食べた経験はない』

「彼女いなかったの？」

『いなかったねぇ……』

「好きな人は？」

『どうだったかな』

あんまりよく覚えてないいや、と彼は濁して笑う。覚えてないはずないでしょ、と思いながら、それでもやっぱり私は追及できずに。

ロリコンさんの秘密を無理に暴こうとしたら、この電話がもう二度と繋がらなくなってしまうような気がしていた。それは困る。ロリコンさんの助言がなければ、想史と話すことはできなかった。

これからもきっとそう。未来が見える彼と手を組んでいなきゃ、私は想史と思い出をつくることもできない。

　はぁ、と深いため息をついた。

『どうしてため息？』

「いや……図書館で一緒に勉強して、帰りにアイス食べて……幸せなんだけど、次はどうしようかなって」

『次か。そうだね』

「図書館だってさ。テストが終わったら想史はもう来なくなっちゃうでしょ。これから受験勉強で塾も忙しくなるって言ってたし……」

『今のところ花火大会くらいしかイベントがないわけか』

「花火だってまだ返事もらってないよ。今日訊いてもまだ〝検討中〟だって」

『……もったいぶりすぎててちょっとウザいね』

「ほんとそれですよ……」

　ほんとそれ。私は心の中で繰り返す。

　図書館で目線を参考書の上に落としたまま「検討中」と素っ気なく言った想史に、私は「えー」と可愛く（したつもりで）口を尖らせながら、ほんとは心の中で「はっきりしてよ……！」とのたうちまわっていた。もちろん好きな人相手にそんな醜態はさらせない。

『そうだなぁ。次……花火大会までには、もう少し進展しておきたいところだな』

「……進展？」

ドキッとしたことが電話の向こうに悟られないように、私はベッドの上で姿勢を正し、落ち着いた声をつくる。幸いにも私の動揺に気づいていないロリコンさんは、さらりと言った。

『明日は手くらい繋いじゃえば？　朝登校するときにしれっと』

「……はぁ!?」

落ち着いた声は一瞬で維持できなくなった。私もまだまだ心の鍛錬が足りない……っていうか手を繋ぐって！

「簡単に言ってくれますね……！」

『あれ？　無理か。きみは結構しれっとそういうことするタイプかなって思ってた』

「なんですその勝手なイメージは！　そんなのどうやって……どう考えてもいきなり手ぇ繋がれたら〝は？〟ってなるでしょう！」

『そこは志奈子ちゃんのキャラクターで乗り切るところじゃん』

「他人事だと思って……！」

うぉぉ……！　と携帯を片手にベッドの上で悶絶する。わなわなと湧き立つ動揺と怒り。

ほんとによくそんなことが言えたな！　と思いながら、ばしばしと枕を叩く。

『他人事だなんて思ってないよ』

「嘘ばっかり！」

『志奈子ちゃんが〝へへーっ〟て笑ってやればだいたい許されるんじゃないの？』

「ロリコン相手とはワケが違うんですよ！」

『ひどすぎる！』

そんな応酬で息を切らす。ひどいのはどっち！

ロリコンさんには飾らずに接してきたつもりだけど、私は前にも思ったことをもう一度思う。女子に夢を見すぎている男は、みんなズボンのチャックが壊れて上がらない呪いにかかればいい！　好きな子の前でめちゃくちゃ恥ずかしい思いをする呪いにかかればいい。

私の中の陰気な部分がロリコンさんを呪う。

ロリコンさんはそんなこと知りもせず、相変わらずの素敵な低音ボイスで言った。

『うん、そうしよう。明日の志奈子ちゃんの目標は〝手を繋ぐ〟ね』

「無理だってば！」

『大丈夫だって。それで嫌われるわけでもなし』

「そんなのわかんないじゃん！　付き合ってもない子から突然手なんか繋がれたら、さすがに想史だって――」

『わかるよ』

低く耳馴染みのいい、鼓膜に溶けていくような柔らかな声がそう諭す。

私は片手で額を押さえて、困った声で返事をする。

「……未来が見えるから？」

『うん、そう』

「本当に嫌わない？」

『絶対に嫌わない』

「〝きもっ〟て言わない？」

『…………』

「…………ほら黙った！　やっぱりやだ！」

『いや、確証のないことには〝うん〟とは言えないからさ……』

「きもがられたら私だいぶ傷つくよ……」

『どうせ本心じゃないよ』

だから大丈夫、なんてこれみよがしに優しい声を出す。ロリコンさんは自分のイケメンボイスを武器に、私を納得させるつもりなんだ。

これだから大人はずるい……なんて思いつつも。私はロリコンさんの声が好きだから、その声を無視できない。

「……本心じゃないの」

『うん。思春期男子が照れ隠しで言う言葉なんて信じなくていい』

「そうは言ってもさぁ……」

『ストレートにいったほうがいいよ、志奈子ちゃん』

大人っぽい声には色気すら感じる。一体今どんな顔で喋ってる？

『彼はまだ恋に無自覚だから、いっぱい揺さぶって気づかせてやったほうがいい』

「私、それなりにわかりやすく挑んでると思うんだけど」

『それでもまだ気づかないいんだよ、バカだから』

「ほんとにね……」

『バカでごめんね』

「なんでロリコンさんが謝るの？」

『いや、同じ男として』

バカな生き物でごめんね、と言った声は少し寂しそうだった。その理由もやっぱり、私は追及しない。

結局私はロリコンさんに〝明日想史と手を繋ぐ〟というミッションを課せられたまま、この夜の電話を終えた。

＊

そして、問題の朝がやってきた。私は鏡の前で真剣な顔で、慎重な手つきでビューラーを扱う。

ぐぐぐ、と力を込める。少しでも目が大きく見えるように。なんせ今日はどれだけ可愛く見せられるかが勝負だ。手を繋ぐって、一体どうやって？　しれっと繋ぐってどうやって！

頭の中はノープラン。とにかく、失敗したときに「なんちゃって！」と可愛く笑えるように万全の準備をする。ただ、どんな空気になるかも想像がつかないから、こんな準備で事足りるのかも自信がない。

「…………期待しないでって言ったのに！」

私はひとり文句を言いながら髪のセットに取り掛かった。

入念に身だしなみチェックを行ったせいで今日も時間ギリギリ。私は慌てて家を飛び出し、いつものガードレールへと走る。家を出る間際にお母さんが何か言っていた気がするけど、大きな声で「行ってきます！」と言って遮った。

スカートがはためくのにも構わず、本気で走る。腕を大きく振って、なかなか良いフォームで。この朝に想史に置いていかれたんじゃ〝手を繋ぐ〟どころの話じゃないから。

「……はっ。はぁッ……！」

息を切らしながらいつもの曲がり角を曲がる。

「……えっ」

曲がった瞬間驚いた。そこには既に想史がいて、腕を組んでガードレールにもたれかかっていた。

「遅い」

不機嫌にむっとして、鬱陶しい前髪の下の目で私を捉えている。「遅い」なんて、まるで私を待ってたみたいな。……っていうか。

「……え。待ってた……？」

胸を上下させて呼吸を整え、そう尋ねた私に、想史は答えることなく先に歩きだす。私は一瞬ぼーっとしてしまったけど、すぐにハッと気づいて彼の後を追う。

待っていてくれたんだろう。いつもの場所に私がいなかったから、腕を組んでガードレールで、じっと。……やめてほしい。浮かれてしまうからやめてほしい。

「想史っ」

すぐ後ろに追いついて名前を呼ぶと、彼はちらっと視線を私の方に向けた。私は顔がだらしなく緩もうとするのを堪えて声をかける。

「おはよっ」

「……ん。おはよう」

それだけ言うとまたすぐに前を向いてしまったけど、それだけで満たされた。あー今日はこれだけでもう最高の一日だなー。……なんて思ったけど、そうじゃない。私はここから郵便局にたどり着くまでの道のりで、果たさなければならないミッションがある。

「明日からテストだねー」

「うん」

当たり障りのない会話で左に並んだ。ちらりと想史の手元を窺うと……その手はポケットに突っ込まれている。いやいやそれは、ハードル高すぎでしょ……。

はい終了ー。撤収！　と心の中で叫ぶ。私が諦めようとしたとき、それに対抗するように、頭の中でロリコンさんのイケメン低音ボイスが再生された。

〝ストレートにいったほうがいいよ、志奈子ちゃん〟

……ストレートって言ったってさぁ。

ポケットに入れられたままの想史の手をじっと見ていると、気になったのか彼はこっちを見た。

「なんだよ」

「あ、ううん……なんでもないんだけど」

「志奈子。昨日のあの問題、ちゃんと解けるようになったか？」

「……ん？」

聞こえなかったフリをするとジト目を向けられる。あぁつい、いつものくせでおどけてしまった。

いや、違うんだって。こんなやりとりをしている場合ではなくてですね……。

「お前、あれは解けなきゃテストやばいやつ……」

「だ……大丈夫！」

「なにが大丈夫だよ。受験のときだってお前、そうやって」

「それよりもさ！　想史、手！」

「…………手？」

「ポケットに手ぇ入れて歩くの、危ないと思う！」

「……子どもかよ俺は」

イラっとした顔を向けられて〝あぁっ……〟と内心怯むむ。子どもじゃん……と思ったことも言えず、隣で笑顔を凍らせる。

どうしよう絶対に無理……。この状況で手を繋ぐとか、何がどうなったらそうなるのか逆に教えてほしい。「絶対に嫌わない」なんて、いくらロリコンさんの言葉でも信じきれない。

絶対なんてないでしょう。ある時点で好いていたとしても、嫌いになるときは嫌いになるでしょう。簡単に。

ロリコンさんの助言と自分のネガティブ加減でがんじがらめになっていた。考え込むと意識がそっちにいってしまって、いつものように能天気に喋ることも忘れ、黙ってしまう。

二人の間に流れる沈黙。どうしよう何か、話題……と思い立ったときには、もう目の前に郵便局が見えていた。

「じゃあな」

「え」

「明日のテスト、俺二時間目からだから。あそこで待ってても来ないから、待たずに学校行けよ」

「あ、そうなんだ……？」

「言わなきゃ志奈子待ってるだろ、きっと。テストに遅刻して俺のせいにされても困る」

「……もしかして、それを言うために今日は待っててくれたの？」

どうしてそんなこと訊くんだ？　という顔で彼は眉を顰めた。

なんだ、そっか。別に、想史も一緒に登校したいと思ってくれてたとか、そういうことじゃなかったみたいだ。

もう一度想史は「じゃあな」と言って私に背を向けた。自分が通う高校へと歩いていく。

私はその後ろ姿に「うん、またね！」と小さく手を振った。なんだかすごくバカみたいだ。

……ほんとバカみたい！

一瞬前まで浮かれていた自分をぶちのめしたい！　どうして〝一緒に登校したくて待っててくれたんだ〟なんて思い上がってしまったかな。

そりゃテストに遅れるのは困るから、待っててもこないって教えてくれたのは助かるけど。じゃあその用事がなかったら先に行ってしまってたの？　……ありうる。待っててくれていた可能性よりそっちのほうが濃厚だ。

自分の通う砂見高校までの道のりで、私はいつも以上に肩を落とした。そして思い出した。

「…………あっ！」

バッと後ろを振り返る。想史の姿はもう見えなくなっていた。…………花火は⁉

テスト期間は時間が合わないから一緒に登校できない。そしてテストが終わったら、そのまま夏休みだ。花火大会は夏休みの一日目。一緒に観に行くことへの返事をもらわないまま、花火大会までもう一日も想史と話すタイミングがない。

この朝が最後のチャンスだったんだ。

「……あぁー」

全然うまくいかない。

未来が見えるロリコンさんから助言をもらえば、うまく立ち回れる気がしたのに。

落胆して、私はふとポケットの中の携帯に手を伸ばした。着信履歴を開くと、ほとんどが同じ番号からの着信で埋まっている。そのひとつをタップして、発信して――すぐに消す。こんな朝から、ダメだ。彼にだって彼の生活がある。それに電話は夜にしか繋がらない。しかも、私からこの番号にかけたところで彼には繋がらないし……。

すっかり彼に頼ろうとしている自分に気がついて、私は携帯を鞄の奥底に落とした。

教室に入ると、今日も今日とてクラスメイトの誰とも目が合わない。私はまっすぐ教室後方の自分の席まで歩く。いつもだったら明るく挨拶しようか逡巡するところだけど、今日はそれもない。想史と花火大会に行けないらしいとわかった私には、もう他のことを頑張る余裕がなかった。

　鞄の中身を取り出して机の中へ移す。

　すると今日は、私への嫌味ではない会話が聞こえてきた。

「──だから、もう今日しかないって！」

「えー？　でもさぁ……」

　私に向かって〝感じわるーい〟と嫌悪感を滲ませていたクラスメイトが、後ろの席の女子と声をひそめて楽しそうに話している。私は窓の外をぼーっと見つつも、耳をそばだててしまう。

　私に聞かれていることなど知らず、ふたりの会話は続く。

「テスト終わったらもう花火大会なんだよ？」

「うん……」

「積極的にいかなきゃ。男子なんて、もし行きたいって思ってたところで自分からは誘ってくれないんだからさ」

おぉこれは、なんとタイムリーな……。私の耳はふたりの会話に釘付けになる。

「……でもさぁ」

好きな男子がいるらしいほうのクラスメイトは、なんだか憂鬱そうだ。

「断られたらさ。その後なんて言えばいいいんだろう」

「えっ、ネガティブ……」

「いや、だってさ。断られることは充分にありえるわけじゃん？　ＯＫだったら問題ないよ。でも断られたら、〝なんで誘ったの？〟みたいな空気に耐えられる気がしない……」

私はなんの関心もない素振りで窓の外を眺めていたけれど、ふと両手で顔を覆いたくなった。彼女の言い分が、よくわかる……！

想史と手を繋ごうとして、嫌がられるのもつらいと思ったけどそれ以上に、〝なんで？〟って問われてしまうのが一番困ると思った。もしそうなった場合、茶化して逃げ切れるか不安だった。〝うんうん〟と心の中で盛大に同意していると、もうひとりのクラスメイトが明快な声で言う。

「〝なんで誘ったの？〟って訊かれちゃったら、もう腹決めるしかないでしょ」

「え」

「告白ですよ」

「……えぇっ？」

思わず私も「えぇっ？」と言って振り向きそうになった。えっ……そんな勝算のない場面で告白する？　ないないない！　と精一杯抗議したい気持ちで。

いつの間にかクラスメイトの恋バナに交じっている気分になっていた。

「いや……無理でしょ。そんな……」

「なんのリスクもなく付き合えることなんてたぶんないよ」

ピクッと私は、その言葉に反応する。

何の意味もなく窓の外に向けた視線は何も捉えない。いつも私を嫌っている、苦手な声が言わんとするところに意識を引き寄せられて。

「自分は絶対に傷つかない安全な場所にいて手に入るものなんて知れてるって。見てるだけでいいならそれでもいいけど」

——絶対に傷つかない安全な場所。

それは私に、あの毎晩の心地いい電話を思わせた。……そっか。手に入るものは知れてるのか。ロリコンさんに助言をもらって、安全な道を選んで想史と距離を縮めたって。ましてや今日みたいに、手を繋ぐことすら途中でびびって諦めていたら。確かに私の手には何も残らないのかもしれない。

「……見てるだけでいいとは思ってないよ」

「だよね。あんた片思い歴長いもんね」

「もうそろそろ結果出したいって思ってる」

「じゃあ花火大会に目標絞って勝負かけなきゃ」

「……でもやっぱり無理！　想像しただけで死ぬ！」

「だから励ましてるじゃん！　頑張りなよ！」

クラスメイトのやりとりはとめどない。私はそこでふたりの会話から意識を剥がす。

――きっと、ほんとだったら私もこんな風に、想史のことを誰かに相談したりしていたんだろう。同じ目線で諭されたり励まされたりしながら、少しずつ好きな人に向かっていく勇気を育てていったはずだ。それは私がロリコンさん相手に相談するのとは意味が違う。

そのことになんとなく気づいているけれど、私はロリコンさんと組んだこの手を離せない。

終礼であらためて「明日からテストです」と担任の先生が言うと、みんなそんなことはわかりきっていたはずなのに「えー」と不満の声を漏らした。わかっていても憂鬱なテスト。私もずっしりと気が重くなる。今朝、想史が言っていた数学の問題は、まだ自分ひとりの力で解くことができない。

終礼が終わると生徒は蜘蛛の子を散らすようにバラけていった。テスト期間に入れば部活動も休み。図書室に行って勉強をするか、教室に残って勉強をするか。まっすぐ家に帰るか、そもそもテストなんて真面目に受ける気がなくて、街に遊びに出て行くかのどれかだ。私はまっすぐ自分の家に帰る。

外は午後から雨が降り出していた。私はお母さんに持たされていた折り畳み傘を開いて、雨降りの道を歩いて帰っていく。途中、想史にばったり会わないかなと思ったけれどそんなことは起きなかった。家はお隣さんなのに、なかなかどうして遭遇する確率は低い。それは想史が遅くまで塾にいたり、図書館に寄っていたりするから。

図書館に寄るということも選択肢として考えたけれど、さすがにテスト前日はなぁ……と思ってやめておいた。昨日みたいに数学を教えてもらうことになったら、想史の勉強を邪魔してしまう。それは本意ではないし。

雨の降りしきる音を聞きながら、花火大会に行ける可能性をまだぼんやりと考えている。

今夜、私の家のインターフォンが鳴って、出たら鳴らしたのは想史で、「花火だけど、行くことにした」と言う。…………ないな。想史はきっとうちのお母さんに知られたくないはずだ。絶対に自分のお母さんに筒抜けになるから。

明日の朝、私が登校する時間にガードレールの前で待っていて「花火大会の返事忘れてた」と言って、「行くぞ」とちょっと偉そうに言う。………これもないな。わざわざ今朝「待つな」って言ってきたくらいだからそれはない。

じゃあ花火大会当日に……といろいろ妄想を巡らせてみるけど、やっぱりない。想史のほうから「行こう」と言ってくれることは絶対に。

クラスメイトの言葉を思い出す。

〝男子なんて、もし行きたいって思ってたところで自分からは誘ってくれないんだから〟

男子めんどくせぇ……。うなだれて、私は想史への淡い期待の数々を打ち砕いた。花火大会にはもう行けない。ロリコンさんごめんなさい、と心の中で謝るシミュレーションをする。

そうこうしているうちに家に着いた。

「……あれ？」

ごそごそと鞄の中を漁って家の鍵を探すけれど、見当たらない。仕方なくインターフォンを押す。ピンポーン、と間延びした軽い音が鳴る。しばらく待つ。

「……んん？」

誰も出る気配がない。お母さん、トイレにでも入ってるのかな？　そう思って数十秒おきにインターフォンを鳴らしたけど、それでもやっぱり出る気配はない。

これはどうしたことか……。買い物かな、と思って電話をかけようと携帯電話を取り出すと、ちょうどお母さんからメールが届いていた。

「……え！」

〝おばあちゃんの家に行ってて遅くなります。晩ご飯食べててね！〟

なんと……！　鍵を家に忘れたらしいことに気づいた矢先にこのメッセージ。外で時間を潰さなきゃいけないことを理解してガクッと肩が下りる。いや、まぁいいけどさ……。雨の中また移動することが、少しだけ億劫だった。

そんなとき。

「志奈子？」

ぱっと声のほうを振り返る。斜め後ろから私の名前を呼んだのは、紺色の傘をさしてこちらを見ている想史だった。思わぬ遭遇にフリーズしてしまう。

「どうした、自分んちの前で固まって」

「……あ。えと……誰もいないみたいで」

なんだかもう随分会えないような気がしていた。今朝を最後に、またしばらく顔を見れないんだと思い込んでいた。だから目の前にいる想史のことを、幻覚なんじゃないかって思ってしまって。

「鍵は?」

「忘れたみたい……」

「馬鹿だな」

悪口を言われてやっと〝あぁ本物だわ〟と信じる。「ほんとだよねー」と笑って。なぜか少しだけ、泣きそうになってしまう。

「おばさん連絡ついてんの?」

「遅くなるってさっきメールきてた」

「ふーん……」

……言わなきゃ。

傘を握る手に力がこもる。会えるなんて微塵も思っていなかったけど、こうして会ったからには言わなきゃいけない。

〝花火大会はどうするの?〟

話の繋がりを全部無視してでも、一番訊きたいことを訊かなくちゃ——そう思って口を開いたのに、想史はさらりと私の言葉を遮った。

「来れば」

「…………え？」

花火、と言おうとした口が音を発しないまま「え？」の口に歪む。〝来れば〟って……え？

言われた意味を呑み込めないでいる私のことなど気にもとめず、想史は想史の家の鍵を開けて中へと入っていってしまう。……今、〝俺んち来れば〟って言った？

「……」

真顔で固まってしまった。自分の家の玄関の前、傘をさしたままで想史の家の玄関を見つめる。彼が中に入ってぱたりと閉じたドア。……え、今ほんとに〝来れば〟って言った？　幻聴？

しばらくしてガチャッとそのドアが開いた。想史がイラッとした顔を覗かせる。

「……遅い！　鍵締めるぞ！」

「わ、待って！　行く！　すぐ行くごめん！」

……なんかものすごいことが起こってる……！

いろいろ真面目に考えていたことなんて全部頭からふっとんでしまった急展開。私は自宅の玄関の前から、彼の家の玄関までぐるりと小走りで回り込む。

魔窟に放り込まれる冒険者の気持ちで、想史の家の玄関に足を踏み入れた。

「お邪魔しまーす……」

傘についた雨粒を外でバサバサとはたいて、そのまま傘を玄関に立てかける。すると先に家にあがっていた想史が玄関に戻ってきた。

「ん」

手渡されたのは小さいスポーツタオル。

「ありがとう」

あ、まずい……。緊張してる。声が上擦る。どうにかお礼を言って、受け取ったタオルで濡れた肌を拭きながら、考えていた。

想史の家に来るのっていつぶり？　ええと……中学校にあがってからは来てない。じゃあ小学生のとき？　小学生の……え、なんだっけ！　緊張しすぎて記憶をうまく辿れない。

それよりもきょろきょろとあたりを見回してしまう。

広くて整頓されたリビング。木目調の家具。暖色でまとめられたカーテンとソファ。見覚えはある気がするのに新鮮な光景に、不思議な気持ちになった。

「麦茶でいい？」

「お構いなく！」

「遠慮する意味がわかんないんだけど。麦茶でいいな」

　想史はプラスチックの容器に入った麦茶を冷蔵庫から取り出し、コップに注いでくれた。

　……この間までガン無視だった想史が、私にお茶を淹れてくれてるよ……。妙な感慨深さで手の中にあるスポーツタオルを握りしめる。

　立ってないで座れば、と言われて、私はおずおずとリビングの床に腰を下ろした。

「普通ソファに座らない？」

「……や、でも……ちょっと濡れてるし」

「別にいいけどさ」

　ん、と麦茶の入ったグラスを私に手渡して、想史は私の隣に腰を下ろす。それだけのことに嬉しくなってしまう。今度は声が上擦ることなく「ありがとう」と言えた。

　受け取った麦茶はひんやりと冷たくて、喉奥へ流し込むとぶるっと体が震えた。

「……寒いか？」

「ううん、全然！」

「ちょうどいい服あるかな……」

　想史は床から立ち上がって、リビングから出ていってしまう。私は待っていればいいのかついていけばいいのか一瞬迷って、結局立ち上がって想史のあとを追うことにした。

遅れて廊下に出ると姿を見失ってしまって、どこに行ったんだろうとひとつひとつ、ドアの開いている部屋の中を覗く。どこも電気が消えていて薄暗い。

それからすぐに電気が点いている突き当たりの部屋を見つけて、中を覗くと想史が洋服簞笥の引き出しを開けて服を探しているところだった。ジャージやTシャツを漁りながら、こっちに声をかけてくる。

「志奈子、お前身長いくつ?」

「えっ。……一六四?」

訊かれてとっさに正直に答えると、想史は〝まじで?〟と眉を顰めた。

「そんな高いのか……」

「いや、そこまでは……想史は?」

「訊くな」

ぴしゃりと言い放たれて、私は黙る。そうだった。身長は彼のコンプレックスなのでした。うっかり……。「まぁ着れないこともないか」と言って、想史は長袖の黒いジャージを私に投げて寄越した。

「それ羽織っとけ」

「濡れちゃうよ」

「いいよ別に。洗濯するし」

えー……。

そう言われると、目の前にある誘惑に勝てない。私は夏物の制服の上からそのジャージを被った。小さいかな……と思っていたらまったくそんなことはなくて、普通に、大きい。男子サイズ！

無性に恥ずかしかったし、輪をかけて恥ずかしいことに……これ、言っちゃっていいやつ？　どうだろう。ちらっと想史を見る。広げた服を畳んで洋服箪笥の中にしまっているところ。

私は意を決して、目を伏せたままぽそりと口に出してみる。

「……想史の匂いする」

ガタッ、と音がした。音に釣られて想史を見ると、箪笥に肘をぶつけたようだった。

「……嗅ぐな！」

「嗅いでないよ！　だって着たら普通に匂いがするから……！」

「脱げ！」

「ええっ……」

そんな理不尽な……と困っていると「いや、嘘。いいから黙って着てて」と顔を背けて想史が言う。その様子ににやけそうになる。

ロリコンさん。〝揺さぶる〟って、こういうこと？

想史の反応に機嫌をよくした私はちょっと元気になって、彼の部屋をぐるりと見回す。

「部屋めちゃくちゃ片付いてるね！」

「お前の部屋は汚そうだな」

「見にくる？」

「行かない」

ですよねー、と言って笑った。いつものテンポに戻ってきた。これならサラッと訊いてしまえそうじゃない？

私は花火の話題を持ち出したくて、「そういえばさ！」と声をあげるタイミングを窺う。

想史は広げていた服をすべてしまい終えて、立ち上がる。――――今だ！

「そ、」

「そういえばさ」

「――――ん？」

また、想史に言葉を遮られてしまった。めちゃくちゃ勇気を出して、死にそうな思いで口を開いたのに。そろそろ言わせてほしい……。

心の中で〝うぉぉぉ〟と床を転がり悶絶する自分を押し殺して、にこっと聞き返す。早く私の話も聞いてくれ。

「なぁに？」

「返事してなかったと思って」

「……え？」

「花火」

「！」

心の中で、床を転げまわっていた自分がぴたりと止まって顔を上げる。私は期待を顔に出して。心臓がまたすぐに早鐘を打ち始める。

想史は言った。

「一緒に行くか」

驚きと嬉しさで唇が震えた。

「きっ……気が向いたの⁉」

「ここ数年観に行ってなかったなと思って」

「学校の子に冷やかされてもいいの？」

「いいわけあるか、離れて歩けよ」

「えっ……」

「……そうそう会わないよ。毎年すごい人混みなんだから」

「……そっか。そうだよね」

へへっ、と笑った私は、珍しく作り物でもなんでもない笑顔。本当に心の底から、飛び上がりそうなほど嬉しい。〝ここ数年観に行ってない〟なんて言いつつ、〝毎年すごい人混みなんだから〟と矛盾したことを言う。その矛盾さえものすごく嬉しい。ほんとはなんで気を向けてくれたんだろう?

想史はぶっきらぼうに。だけど、最初から決めていたかのようになめらかに言う。

「六時に宵兎橋で」

「うん。浴衣着ていく!」

「どっちでもいいよ」

「想史も着てきてくれてもいいんだよ」

「着ない」

ですよねー、とさっきと同じ返しをして私は、口の端がにやにや締まりなく笑ってしまうのを止められない。どうしようロリコンさん。私と想史は、花火大会に行くようですよ!

貸してもらったジャージに加えて、約束がまとまった花火大会。私はもう完全に調子に乗ってしまって、浮かれた足取りで想史の部屋の奥に足を踏み込む。

「あ。おい、こら。勝手に……」

「すっごい本！　これ、もしかして全部読んだ？」

「全部は読んでない」

想史の部屋は男の子の部屋にしては片付いていて、だけど置いてあるものは男子高校生らしいと思った。テレビゲームのソフト。同じバンドのＣＤが数枚。

異質なのは部屋の奥の壁面にある大きな本棚(ほんだな)。私の身長よりも高くて、私が両手を左右に伸ばしたくらいの幅がある。そこにはぎっしりと本が並んでいる。シリーズ小説の単行本。歴史小説の文庫本。大学受験用の参考書に……数冊、「教師」という言葉がタイトルに入った本があって、目についた。

「……想史さ」

「なんだよ」

あんまりじっくり見るな、と言う想史の声は一旦無視して、振り返った。バツが悪そうに目をそらしている彼に問いかける。

「先生になるの？」

黙って目をそらしていた彼は一瞬間をおいてから顔を上げて、私の目をまっすぐ見て言う。

「まだわからない」

わからないとは言うけれど、本棚には教師を志す人のための本がたくさんある。「ならないよ」じゃなくて「まだわからない」と言った想史の言葉からも、生半可ではない気持ちを感じ取った。だからあんなに真剣な顔で勉強をして。

今が確かに未来に繋がっているような気がして、ひとり胸が熱くなる。

もう一度本棚に向き直って、自分の身長よりも少し高いところにあるその本を一冊、背伸びをして手に取ろうとした。

「……あれ？」

指先は背表紙に届いている。でも本が多すぎるせいか、ぎちぎちに詰めてあるところかなかなか目的の本を引き出すことができない。背伸びするつま先をよろめかせながら、私はもう少しで取れそうなその本を抜き取ろうと――。

「……志奈子、危ないから」

「あ」

「あ」

想史の忠告は少し遅かった。私が一冊引き抜くと、その両隣の本は抑圧から解放されて次々に、バラバラと本棚から落下する。――――私の真上に。

「このバカっ……！」

そんな悪口が聞こえて。自分の頭を守ろうと屈んで頭を隠していた私の上に――――本は、降ってこなかった。〝バサバサバサッ！〟と本が飛び散る音はたしかに聞こえたのに。

気づけば私は大きな影に覆われていて。やってしまった、と後悔する。

想史が本棚に手を突いて、私に代わって落ちてきた本を被っていた。

「想史っ……！」

息が止まるかと思った。

「……いってぇ」

「ご、ごめん！　ほんとにごめん！　大丈夫⁉」

想史は本当に痛かったようで、本がすべて床に落ちきってからも棚に手をついたまま動こうとしない。私も想史の影にすっぽり入ったまま、そこであたふたとしているだけだった。

「どこか切った⁉」

「切ってはない……と思う。でもカドで頭ぶつけた。めちゃくちゃ痛い……」

「わぁ……ごめんね本当に。どこ？　ここ？　痛む？」

「っ、触んな！　痛っ……」

ケガの場所を探ろうと、彼の後頭部に手を回す。想史が痛がった場所は微妙に膨らんでいて、うわぁたんこぶできてる……と私は罪悪感を募らせた。

「救急箱は――――」

リビングにあるの？　と訊き出そうとしたけれど、言葉の途中で気がついた。あれ。いつからこうだったっけ。――――いつからこんな至近距離で？

本棚に手をついた想史と、本棚と想史の間に挟まれながら、彼の頭の後ろに手をまわしている私。その顔の距離は十センチほどしかない。あまりの近さにびっくりして固まってしまった。それは想史も同じだったようで、眼鏡の奥の目を丸くして、顔をそむけるのも忘れて私の目を見つめている。お互いの呼気がかかる距離で私たちは、身体の自由を奪う呪いをかけられたみたいに指先も動かせなくなって。

しばらくふたりはその場に硬直していた。先に動いたのは想史だった。

（……え？）

最初に動いたのは、想史の睫毛。顔を動かすことなく伏せられた目に、私の目は自然と吸い寄せられた。それが何かものすごく意味のあるような動きな気がして。

次に動いたのは、想史の手。本棚に突いていたうちのどちらかの手が、私の後頭部に触れた。押さえて、固定した。その手に後ろから少し前に押されて、顔と顔の距離がもう二センチ縮まる。その間も私は想史が伏せた目に釘付けで。

最後に動いたのは、想史の唇。

（え？　……あれ？）

……唇？

想史は唇の表面を、私の唇に押し当てていた。そろりと遠慮がちに。だけどしっかりと。

私はやっぱり想史が伏せた目に釘付けだった。目を開けたまま。……なんだこれ？　と意外と冷静に私は思った。初めて触れた想史の唇は熱かった。男の子ってこんなに体温が高いのか、と初めて知って。それは紛れもなく、私にとってのファーストキスだったんだけど。

まったく想定していなかった展開に頭がついていかなくて、逆に冷静になってしまって。ただ〝キスをされている〟という自覚だけはしっかりとある。

意外と大きな手のひらに頭をしっかりと固定されて、いつまで続くんだろう……と私が思い始めたとき。熱い唇は離れていった。想史の伏せられていた目がゆっくりと私に向けられる。

「……」

「……」

「……」

「……」

「………………あは」

沈黙に耐えかねた私は間抜けな声を出す。

「……笑うところか？」

対して想史の声のトーンは真面目で。あぁ不味い、と直感的に思う。

「いやぁ……ふふっ」

ごまかすように笑ってしまう。いつもの悪い癖で。

「志奈子」

――やめてよ。なんでいきなり真面目な顔して名前を呼ぶの？

だらしなく笑って、私はただただ戸惑っている。

どうしてキスしたの？

私のこと好きになったの？

魔がさしただけ?

訊きたいことはいっぱいあるはずなのに。私の口から、大事なことはひとつも出てこない。

「今のって、キス?」

「……それ以外な、」

「違うか、ぶつかったんだよね!　あぁびっくりした!」

事故じゃん!　と私はわざとらしく慌てて見せた。想史が「それ以外になにがある」と言いかけた言葉を遮って。

彼の両肩を押し離し、顔と顔の間に距離を取る。

「……事故?」

「事故でしょ!　ごめん、私が勝手に本取ったから」

「……」

「大丈夫、事故はノーカウントだから!　お互いにファーストキスは無事だから!」

言いながら、勝手に決めつけちゃったけど、ほんとに想史もキス初めてだったのかな
……なんて考えてしまう。

ぴくっと眉をゆがめた想史に、思ったままをぶつけていく。

「あ、実は初めてじゃなかった?」

「……あのさぁ」

「なんか私だけギャーギャーはしゃいで恥ずかしいね!　ただの事故なのに」

「志奈子」

「高校生にもなって唇ぶつけたくらいでこん……んんっ」

また唇を塞がれた。今度はさっきよりも短くて、さっきよりも強引だった。後頭部に回された手にぐっと力がこもっていて、私と想史の口は強い力でひっつけられる。想史の鼻や眼鏡のフレームが鼻や頬にあたる。不慣れでぎこちないキスだった。

「はッ……」

突然のことで息をするのを忘れていた私は、口が離れると酸素を求めて大きく息を吸った。自分から仕掛けた想史も息を止めていたみたいで、私と同じように荒く呼吸をしている。そして少し怒った目つきでこう言った。

「……志奈子、うるさい」

「んっ」

それだけ言ってまた唇を合わせてくる。

これは何?　そう思わずにはいられなかった。

最初は冷静だった私も、こんなにキスを繰り返されると段々恥ずかしくなってくる。想史の伏せた目を見るのも恥ずかしくなってしまって、ぎゅっと目を閉じたとき。想史はまた新しい動きを見せた。

彼の手がそろりと、私の胸に触れる。シャツの上から、恐る恐る、触れる。

――これにはさすがに動揺した。

「ちょっとっ……！」

慌ててその手を払い落として、想史の表情を読もうと彼の顔を見た。何考えてるの？けれど男の子の力は私が思っていたよりもよっぽど強くて、払い落としたはずの手はすぐ私の胸の上へと戻ってきた。その手は私の力ではもうどうにもならない。想史の表情も読めない。熱を持ったみたいに強烈なまなざしで、私の目を射貫いているだけだった。

「やめっ……想っ……んんっ」

彼は黙って口を吸い続ける。私を黙らせるように。

胸に触れている手も段々無遠慮になっていく。形を確かめるように。自分の手の中に収めるように。そして。

「やっ……！」

唇にぬるっとした舌の感触。シャツの上から触れていた手がごそごそと裾の中に入ってきて、もうわけがわからない。嫌がって見せても想史は何も言ってくれないし。やめてくれないし。

じんわりと空気が濃くなった想史の部屋で、私は泣きそうになっていた。――こんなこと、望んでない。

どんっ！　と力いっぱい想史の胸を突き飛ばした。

「っ……」

想史はよろよろと三、四歩後退して、ハッと驚いた顔でこっちを見る。それはたぶん、私が泣いていたからだ。

「志奈っ……」

「バカ！」

こんな大きな声、出したことないかもしれない。

お腹に力を入れて放った私の一言に、想史は後悔したように悲しそうに顔を歪めた。

私はその表情を尻目に彼の部屋を飛び出した。リビングで自分の鞄を引っ摑んで、走って玄関まで。折り畳み傘を拾い上げることを忘れない。後ろで想史が私の名前を呼んだ気がしたけど、振り返らなかった。

外に出ると大きな雨粒が地面を叩いている。私は外に飛び出しながら折り畳み傘を開く。

走っていく。いつの間にか豪雨になっていた。

想史の前で泣いて見せたのは初めてだ。だって私は、高校受験に失敗したときですら、想史の前でだけは笑っていたのに。

「……ジャージ返すの忘れた」

ロリコンさんの助言があるからって、何？

全然うまくいかない。

その日の彼女は、どことなく浮かない声でいた。

「なんか今日元気ないね」

『そう？　……まぁ、前にも言ったじゃん。いつだって元気な女の子なんてのは男子の妄想だって』

「いつだって〝前向きな〟女の子じゃなかったっけ？」

『そういう細かいことといちいち気にするからモテないんだよ！』

「志奈子(しなこ)ちゃんその、電話だったら何言ってもいいと思ってるとこやめようね……」

『やだもう……大人ぶった言い方むかつく……』

「大人だよ」

どことなく浮かない上に機嫌も悪い。今日は早めに電話を切り上げたほうがいいかもしれない。

そうは思いつつ、何が彼女をそうさせているのかは確認する必要がある。その原因が、高校生の自分じゃないとも限らないから。

「そういえば志奈子ちゃん、彼と手は繋げたのかい？」

昨晩の電話で自分が吹っ掛けたお題について訊いてみる。すると、予想外に彼女は黙った。……なんだ？

正直昨晩の俺は、それで本当に彼女と高校生の俺が手を繋ぐなんて思っていなかった。ただ素直な彼女のことだから、無理やり課せられてしまったミッションとはいえ、俺の手を気にするんだろうなって。気にしていたら面白いなぁって、それくらいの気持ちだった。種明かしをしたら、彼女にはむちゃくちゃ怒られてしまうんだろうけど。

まあ一割くらいは。本当に手を繋ぐことを期待していたかもしれないけど。

「……志奈子ちゃん？」

電話の向こうに呼びかける。いつもは、彼女が部屋でどうしているかなんとなくイメージできるのに、今日はさっぱり像が浮かばなかった。俺は寝転がっていたベッドから起き上がって、真剣に電話の向こうに意識を向ける。

静かな息遣い。

『繋いでないよ』

　彼女はぽつりとそう返してきた。俺はなるべく軽い声で返事をする。

「そっか。……さてはびびったな？」

『うん、びびった。っていうか無理だよ。想史、ずっとポケットの中に手ぇ入れてるんだもん』

「そこはアレだよ。志奈子ちゃんが可愛く「手ぇ繋ぎたいなー」ってねだるとこ」

『……』

「……ごめん黙らないで。今心の中で〝ふざけんなよ〟って思っただろ」

『思ってないよ』

「そう？」

『〝ハゲたらいいのに〟って思っただけだよ』

「ごめんって……」

　そんな応酬で彼女を元気づけようとしていた。だけど次に彼女の口から出てきたのは、思いのほか良いニュースだった。

『花火、一緒に行くって』

「え！　ついに気が向いたのか！」

『ここ数年観に行ってないからって言ってた』

「……そう」

それはまた……。高校生の自分がついた嘘に気づいてしまって、なんとも言えない気持ちになる。〝数年観に行ってない〟なんて嘘だ。俺は中学の友達や高校の友達と、なんやかんや毎年観に行っていたはずだ。

どこまでも見栄っぱりな高校生の自分に、〝まぁわからないこともないけど……〟と共感しつつ。またひとつ彼女が成し遂げた快挙を喜ぶ。

「すごいじゃん志奈子ちゃん。ほんとに押し切ったね」

『……うん』

「んん……？」

この上なく良いニュースだと思うんだが、やっぱりどうも彼女の声は嬉しそうじゃない。浮かない声が耳に残って、俺は黙ったまま、ベッドサイドに置いていたコップの水を一口飲んだ。彼女の会話のテンポに合わせる。

『行くって言ってたけど……どうかな、わかんないや。行かないかも』

「え？」

『無効になっちゃったかもしれない』

「どういうこと？」

そこでまた彼女は黙る。

どういうことなんだろう。無効？　それは高校生の俺が前言撤回したのか。それとも彼女が心変わりしたのか。後者だったら怖すぎると思った。

けれど彼女が次に紡いだ言葉は、俺の予想の斜め上をいくもので。

『……ロリコンさん。私、今日ね』

「うん？」

『想史とキスした』

ぶっ！　と俺は口に含んでいた水を吹き出した。

コントのようだった。でも不可抗力だ。俺はゴホッ、ゴホッとむせて手の甲で口を拭い、電話の向こうに叫ぶ。

「……キスしたの!?　まじで!?」

『興奮しないでロリコンさん、気持ち悪い……』

彼女の冷え切った声に〝ああ……〟と懸命に冷静さを取り戻しながら、混乱する。――どうしてそうなった？　手も繋げなさそうな関係だったのに。

「一体今日何が起こった……？」

浮かない彼女が電話の向こうで小さなため息をつく。それからゆっくりと語り始めた。

『学校から帰ったら、家に誰もいなくてね』

「うん」

『鍵を家に忘れちゃったの。お母さんも遅くなるって言うし、家に入れなくて。その上今日はものすごい雨だったんだよ』

「そっか」

『家に入れなくて、どうしようと思ってたらちょうど想史が帰ってきたところで』

「……」

『〝来れば〟って言うから、想史の家にお邪魔させてもらったの』

……なんっ、だ、それは……！

あまりのこっぱずかしさにベッドの上で悶えた。聞くに堪えない。それは誰と誰の話？

自分が高校生のときにはなかった〝彼女が自分の家にあがる〟というイベントに、死にそうになっている。

「……彼んちもご両親いなかったのか？」

『うん』

「そしたらキスする流れになった？」

『ロリコンさん、端折りすぎ。服を貸してくれるって言うから、想史の部屋に行った』

部屋まで来たのか……。

当時の自分の部屋を思い出す。なんか……いろいろ大丈夫だったんだろうか。見られて困るものとか……とっさにうまく隠せたんだろうか。学校から帰ったところなら大丈夫か？　今になって悔いてもどうしようもないことを思う。

『想史の部屋には大きな本棚があってね』

「うん」

『教師になるための本がたくさん並んでて、あー想史は先生になりたいのかぁって、そこで初めて知って……』

「……へぇ」

『脱線するけど、ロリコンさん』

「なに？」

『ロリコンさんって普段なんの仕事してるの？』

すごいタイミングで訊いてくるな……。

内心驚きながら、なんでもない声で答えた。

「ロリコンの弁護をする仕事だよ」

『……弁護？　弁護士？』

「……」

『しかもロリコンの肩持つんだね……やっぱり』

ぱっといい職業が思いつかなかった。言ってから思ったけど、ここは普通に〝会社員〟とかでよかったな……。

結局ロリコン扱いしてしまった光源氏に〝ごめん……〟と心の中で謝り、話を元に戻す。

「志奈子ちゃん。俺は、なんできみが彼とキスすることになったのかが気になって仕方ない」

だから早く続きを教えて、と俺が言うと、彼女はいっそう深いため息をついた。

『高いところにある本を取ろうとしたの、私が。そしたらいっぱい詰まってた本が落ちてきちゃって、想史がかばってくれた』

「おぉ……」

『そしたら思ったよりも顔が近くにあって、それで……』

「なるほどね」

なるほどなんて言ってみたけど、さっぱりわからない。……それって、空気でしたたってことか？　顔が近くにあったから？

「キスしてそれで……気まずくなった？」

『そうなるかなって思ったら、想史がもっとしてきた』

「もっと!?」

『ほんとに気持ち悪いから過剰に反応するのやめて！』

「いや、もっとって……」

俺は一体何をしたんだ？　まさか取り返しのつかないことをしたんじゃないかと、段々怖くなる。

「……大丈夫か？」

『あ、大丈夫。逃げてきたから、結局キスだけで……』

「本当に？」

『……胸はちょっと触られたけど』

健全すぎる男子高校生の愚行に目も当てられない。

「……そりゃ怖くて逃げるよな……」

ごめん、と代わりに謝りたい気持ちをぐっと堪えた。俺は高校生の直江想史じゃない。それは俺の役目じゃないから、精一杯大人らしい言葉を探す。高校生の自分を切り離して、客観的な言葉を。

「志奈子ちゃんは、彼にそうされて嫌な気持ちになった？」

『……嫌っていうか』

ぽつぽつと話す彼女の言葉で、段々その表情が目に浮かんでくる。今少し慎重に言葉を選んで、宙を見つめて考えている顔。自分の感情と向き合っている。

『嫌っていうか、やっぱり怖かった。……何考えてるかわかんないのに、体だけ近くにあるのは、すごく怖い』

「……思春期だからね。彼もたぶんよくわかってないよ、きっと。心が体に追いついてないんだ」

『そういうものなの？』

「そういうものだよ」

『でも私、ちょっと……都合がいいと思っちゃった』

「……都合がいい？」

高校生の自分に向けられたその言葉に、ズキッと胸が痛む。自分とは切り離したつもりでもまったく切り離せていない。やっぱりそれは、どう考えたって俺のことで。

『最近まで、ずっとシカトしてたくせにね。いきなりキスされて、なんか……うーん……』

「……うん」

そりゃそうだよな。フォローもできない。

彼女に過去を変えてもらおうとしたところで、高校生の俺が彼女を傷つけていた事実は変わらないのだ。

（……そういえば）

ふと思った。高校生の俺と志奈子は言葉を交わすようになっている。朝は一緒に登校して、彼女が今話してくれたようにキスをして、ひと悶着あったというのなら。——その後の人生に、もう少し変化が起きていたっていいんじゃないか？

疎遠になる未来は回避できていても良さそうなのに、俺は今、大人になった志奈子の顔がさっぱりイメージできないでいる。……なぜ？

まさかこの日の一件で、結局ふたりは疎遠になってしまったんだろうか。

俺が胸にそんな不安を渦巻かせていると、電話の向こうで志奈子が言った。

『——安心して、ロリコンさん』

「……安心？」

『私、別に想史のこと嫌いになってないから。花火も、待ち合わせ場所に行ってみるつもり。……想史が来てくれるかはわかんないけど』

「ああ……」

それは大丈夫だよ。たぶん来るよ。……そう言いたかったけど、うまく口がまわらなかった。考え事をしていたからだ。

「安心して」ってなんで？

俺が相談にのる立場だったはずなのに、どうして彼女が「安心して」なんて言うんだ？

「それじゃあおやすみなさい」と言った彼女に、反射的に「おやすみ」と返すのが精一杯で。

背中には冷たい汗が流れていた。

＊

——志奈子が俺の正体に気づいているのではないか。

そんな疑いをもった翌日から、テスト期間に入った。俺がかつて通っていた桂鵠（けいこく）高校も、志奈子が通う砂見（すなみ）高校も、たまたまテストの日程が被（かぶ）っている。午前中のうちに全生徒が学校から追い出される四日間。今日はもう四日目、最終日だ。

その間も変わらず、毎晩のように俺は彼女と電話をしたが、決定的なことは訊けなかった。訊けば藪蛇（やぶへび）になってしまうかもしれないから。俺は今まで彼女に自分の年齢も職業も、素性を一切明かしていない。思えば、よくそれでこんな交流が続いているものだ。

でも、そうだ。何も明かしていない。だから彼女が俺を未来の直江想史だと確信できる材料は、何もないはずだった。タイムリミットがあるとすれば……それは高校生の俺が、声変わりをするタイミングだと思う。


試験期間の朝はいつもよりほんの少し静かで、俺と渋沢先生は校舎に挟まれた中庭を抜けて学校の外へ。いつも利用している工場裏の喫煙スペースへと向かった。今日もここでは二本の紫煙がゆらゆら。

「テスト期間ってのはな……生徒は大変だけど、俺らはどうも気が緩んでダメだな」

「ですね……。正直、昨日の試験監督の時間は少しウトっとしてしまいました」

「チクろっと」

「ちょっと」

嘘だよ俺もだ、と言って、渋沢先生は口に咥えていた金のピースを吸い込んだ。次いでふーっと煙を吐き出す。何か物思いにふける顔で。

こういうときはあんまり話しかけないほうがいいな……。

俺が黙って自分のマルボロをふかしていると、「なお」と呼びかけられる。

「はい？」

「前にお前がさ。〝期待するな〟って生徒から言われた件は、その後どうなった。解決したのか？」

「……ああ」

　それは志奈子のことだった。ある日の電話で『あんまり私に期待しないでね』と言われたこと。そういえばあのときも、俺は自分のズルが全部彼女に見抜かれているような気がしてびびっていた。もしかしたら、俺の後ろめたさがそう錯覚させただけなのかもしれない。

　俺はふかしていた煙草を携帯灰皿にくしゃりと押しつけ返事をする。

「今度は〝安心して〟と言われましたね」

「なんだそりゃ」

「わかりません。俺の気にしすぎかもしれません」

「ふーん……？」

　興味があるようなないような相槌で、渋沢先生はもうひと息煙草を吸った。そしてまた何かを少し考えてから、話しだした。

「お前とその話をしてから、思い出してたんだけどさ」

「はい」

「〝もう誰にも期待されたくない〟って言ってた生徒が、俺が若いときにもいたなぁって」

「……はぁ」

言われて一瞬、呆けてしまった。俺が言われた『あんまり期待しないで』と、渋沢先生が聞いた『もう誰にも期待されたくない』には、大きな差があると思う。なんというか、後者のほうが重い。

そう思ったけど、教師として先輩である彼の言葉だ。口を挟まずに黙って続きを聞く。

「なんかそいつ、高校受験で失敗したみたいでな。ほんとはもっと賢いとこ行きたかったんだっつって、クラスメイトと一線引いてたらしい」

「ありがちっちゃ、ありがちなことですね。〝周りを自分より下に見ることでしかプライドが守れない〟ってパターンの……」

「ああ。ただそいつはそれをこじらせすぎてな。結局卒業するまで学校ではひとりぼっちだったんだ」

「……〝誰にも期待されたくない〟っていうのは?」

「その受験の失敗で母親をがっかりさせたことが、だいぶこたえたみたいだった。がっかりされるのが怖いから、もう誰にも期待されたくないんだと」

「難儀ですね……」

「御山っていってな」

「え？」

　突然知っている名前が出てきて素っ頓狂な声が出る。パッと顔を渋沢先生のほうに向けた。俺の反応にビクッとした渋沢先生は、振動で灰を床に落とした。

「なんだよ、急に」

「……御山って……御山志奈子ですか？」

「は？　なんだお前、知ってんの？」

「知ってる、というか……。その子です。結婚するって聞いて、俺が電話をした、幼馴染」

　渋沢先生は煙草を咥えたまま目を丸くした。

　ピースの先端から灰がほたりと落ちる。

「……そんな偶然あるか？」

　渋沢先生と志奈子の在校期間が被っていることには、気づいていた。だから俺は渋沢先生に昔話をしてもらって、志奈子の学校生活で起こることの情報を先回りして手に入れていたのだ。

そこで志奈子の名前を一度も出さなかったのは……告白されていたとか、高校三年で誰かと付き合ったとか、そういう話が出てきたら嫌だと思ったから。

「なんだ、御山は、その……元気にしてるのか」

「あ、えっと……たぶん」

「たぶんってなんだ。電話したんだろ？」

「電話じゃほんとに元気かなんてわかりません」

大人になった彼女とは話していないからわからない……とは言えなかった。

それよりも、今まで渋沢先生がしていた話が志奈子のことだとするならば、あまりに違和感がある。

「渋沢先生。御山志奈子は……学校、楽しくなかったんですか？」

「……楽しそうには見えなかったな。本人は愉快な奴だったけど、クラスでの顔とはギャップのある生徒だった。教室では一番後ろでうつむいてることが多かったよ」

……それは本当に志奈子なのか？

煙草休憩から戻って消臭スプレーを自分に振りかける。次の時間、俺の担当は二年生のクラスの試験監督だった。割り振られた現国のテスト問題を抱えて教室に移動する。

試験中あまりうろうろされても生徒の気が散るだろう。何か教卓でできることはないだろうかと自分のデスクを探したけれど、もうすぐ夏休みだ。次の授業でやる単元の予習をする必要もまだない。

結局俺は、静まり返った教室の前方でぼーっと教室全体を眺めることに。

走るシャーペンの音。解答を捻り出そうと頭を悩ませる生徒の息遣い。開け放った窓から吹き込む風が、カーテンを揺らす音。午前中の教室はまばゆい光と音で満たされている。

ふと、さっきの渋沢先生の話が頭に蘇った。『もう誰にも期待されたくない』と言っていた、御山志奈子の話。

教卓の前に立ってぼんやりと想像する。一番後ろの窓際の席、浮かない顔でうつむいて、外の景色を眺めている志奈子。——あんなに明るかったのに？

高校生の頃、自分の隣でいつも底抜けに明るかった彼女。今までずっと、教室の真ん中で高らかに笑っている志奈子ばかりイメージしていた。だけど実際は、クラスでひとり孤立して、つまらなさそうにしていたという。

どうしてあの頃、俺の前では明るく振る舞ってたんだ？　今だってそうだ。毎晩電話したって、志奈子は学校での愚痴なんて特に何も。

（……本当にそうだっけ？）

教卓に両手を突いて目を細める。今日は空席な、一番後ろの窓際の席に、夏物の制服を着た志奈子を見る。電話の彼女は、俺の記憶の中の志奈子よりも少しネガティブで。浮かない声を出すこともあって。

何より俺は彼女の口から直接聞いている。やんわりと言われた『あんまり私に期待しないで』。世間話のようにお笑い芸人を引き合いに出して『不本意に期待を背負わされるのは地獄だ』。確かにそう言っていた。渋沢先生が話した通りの志奈子の一部を、俺は垣間見ている。

高校生の頃、相手の前で格好つけていたのは自分だけではなかったらしい。その頃と中身は何も変わっていないふたりが、未来の情報だけを得て、どんな風に変われるだろう。

教室の一番後ろで志奈子は、いつも何を考えていたんだろう。

今になって彼女の新しい一面を知った。

それに戸惑っているうちに、明日はもう花火大会だ。

7. ここから先は誰も知らない

テストが終わった瞬間になだれこんだ夏休み。私の四日間の戦いが終わった。各教科の結果は……察してほしい。

好きな男の子にいろいろされて、まともに集中力を保って勉強できる女の子がいるなら、教えてください。どうやって自分の記憶を消したの!?

事が起こっていたあの瞬間は、結構冷静だったのに。時間が経てば経つほど私の動揺（どうよう）はひどかった。朝、鏡の前でヘアセットをしているときに。昼、テストを受けている真っ最中に。夜、布団にもぐって明日の教科にそなえてもう寝ようと思ったときに。

何度も何度も思い出したのは、間近にある想史（そうし）の顔と、触れた唇の熱さ。それから触れてきた手。……生々しいッ！

いまだかつてない近さだった。私の好きなカタチばかりしている想史の顔がすぐそばにあって、その口が、意思を持って私に触れてきたということ。キスしたいと思ったんだということ。想史がしてきたことの意味について、私はいくらでも堂々巡りを繰り返して、何時間でも考えていられそうだ。

　あれが事故なんかじゃないことは、わかっている。

（……思い出しただけでしぬ）

　あれから五日経って、花火大会に行くため浴衣に着替えた今でも、思い出すと顔がほてって仕方がない。

　今から想史に会うの？　嘘でしょ？　と自分に問いかけ続けている。嘘じゃない。これから会うんだ。……想史が勝手に約束を取り下げていなければだけど。

　自分の部屋でそわそわ、居てもたってても居られなくて。待ち合わせまではだいぶ時間があったけれど、私は玄関で下駄を履いた。玄関に掛けられた鏡に自分の姿を映す。——うん、そこそこ可愛いぞ。浴衣は深い青色のストライプに、隙間にはサーモンピンクと薄黄色の梅の花。真っ赤な帯がいいアクセントになっている。髪型も、長くて多い髪をなんとか自分でまとめあげ、サイドだけ少し残したアップスタイルに。綺麗なトンボ玉のかんざしを挿して。

　想史がほめてくれるところなんて想像もできないけど、いいのだ。ほめられなくてもいい。心の中でちょっとでも可愛いと思ってくれたら、それで。

さあ行くぞ！　とドアに手をかけるとお母さんに声をかけられた。

「もう行くの？」

「うん」

「気合い入れすぎると空回るわよ」

「……気合いとか、別に」

「お隣なんだからもうちょっとギリギリに声かけてもいいんじゃない？」

「え？　……お隣、って……なんで想史と行くって知ってんの!?」

言ってから気づいた。認めてしまった……！

白を切ればよかったことに気づいて盛大に後悔したけれど、もう遅い。お母さんはニマニマと笑っている。その顔やめて……！

「なんでって、わかるわよー。志奈子、今日の浴衣めちゃくちゃこだわるんだもん。母はビビッときてしまいました。デートだ！　って」

「えぇっ……」

「想史くんはさすがね。直江さんと話したけどあっちのお母さんは全然気づいてなかった。〝てっきり中学の男友達と行くものかと……！〟って衝撃受けてたわ」

「言っちゃダメじゃん……！」

「えー」

年甲斐もなく口を尖らせるお母さんに地団駄を踏む。その口もやめて……！

「〝えー〟じゃないよどうすんの！　想史が想史のお母さんに冷やかされて〝行かねぇよ〟なんて言いだしたら！」

「そのときは腕ひっつかんで引きずっていけばいいいんじゃない？」

「発想が雑！」

「もー。そんな怒んないでよ、大丈夫だって。毎晩のように電話して仲良いんだし。見逃してあげてるんだから感謝してほしいくらいよ」

「……電話？」

とっさに〝やばい〟と青ざめる。電話って……ロリコンさんとの電話のこと？

「いつからそんな仲になったのかってびっくりしたけど……まぁ志奈子、昔からずっと想史くんのこと好きだもんね。執念勝ちかー」

「……ええと」

「安心して。電話のことは、想史くんのお母さんにも内緒にしてるから！」

「うん」

このテンション。確かに自分と血のつながった母親だ……。

電話の相手は想史だと思い込んでいるようなので、私は訂正せずそのままにしておいた。

「行ってくるね」

「やっぱりもう行くの？　早くない？」

「外で待ち合わせしてるの」

「……あら、まぁ」

そう、と笑ったお母さんを後にして私は家を出た。

夕方六時前の宵兎橋は人の往来が激しかった。住宅街の中、三メートル下を低く流れる川の上に架けられた石造りの橋は頑丈で、車も通るし人も通る。私は人の邪魔にならない隅っこで想史を待つ。

すっかり日の長くなった夏の空はまだ青い。まばらに浮いている雲だけ赤みがかっていて、沈む太陽のほうの側面とその反対側ではっきりとしたコントラスト。この空が暗くなる頃、自分は本当に想史と花火を見ているんだろうか。

思えば、よく誘ったなぁ。ロリコンさんと電話をする前の、想史に無視され続けていた私だったら、花火大会に誘おうなんて考えもしなかっただろう。ただ笑って他愛のない話をして、ひとり壁打ちテニスを続けていたんだろう。

あの日出した勇気が報われますように。

少しずつ暮れていく空の下で祈っていた。ぬるい空気に包まれて、浴衣の下の肌にしっとりと汗をかきながら。それだけを。


──だけどどうやら、それは叶わないらしい。

橋の渡り口にある背の高い時計を確認する。時刻はもうすぐ七時。間もなく一発目の花火が上がる時間だ。宵兎橋の上を少し慌てた人たちが駆けていく。

「……はぁ」

来ないんかーい、と心の中で突っ込んで、私はその場にうずくまる。待ち合わせは六時だと想史は言っていた。宵兎橋に六時だと、たしかに。一時間待って来ないんだからもう来ないんだろう。

こんなことなら、お母さんが言ったみたいに家から引きずってきたらよかった……なんて、そんなことができるなら今頃もっとうまくやっていたんです、いろいろと。

なんで来ないかなぁ。気まずいのは私だって一緒なのに。

このまま家に帰るのもみじめだ。でもひとりで花火を見るのと、どっちがみじめだろう……。

決めきれずに右往左往していると、籠巾着の中で携帯電話がぶるぶると震える。……ロリコンさん？　にしては時間が早いか。今日は花火だって知ってるはずだし。想史は私の番号を知らないだろうから、それもない。

取り出してディスプレイを確認すると、着信は家からだった。……お母さん？

何かあったのかな。用件の見当がつかないまま私は電話に出た。

「もしもし？　うん……。うん、来てないよ。ひとり。…………え？」

花火が上がる方向を背にして電話に出ていた。私の耳に信じられない言葉が入ってきて、遅れて花火が上がった。――大きな音だったから、よく聞こえない、と思った。

「お母さんごめん、聞こえなかった。え？　……なんて？」

バン、ババン、と不規則な爆破音。何度も何度も通話の音を邪魔する。邪魔しているけれど。

通話の音は、悲しいくらいにクリアだ。

「〝事故〟って言った？」

想史は待ち合わせの場所に来なかった。

私の元にたどり着く前に、彼は交通事故に遭っていた。

（待って）

待って。どうして？　こんな未来は誰も知らなかった。

——こんな未来。誰も、教えてくれなかったじゃない。

電話でお母さんから〝帰ってきなさい〟と言われた気がするけれど、私はその場から動けなくなっていた。足が石のように固まって、目の前が涙で滲む。

想史のことは、お母さんからの電話ではただ〝事故に遭った〟ということしかわからなかった。重傷なのか軽傷なのか。意識はあるのか、ないのか。何にせよ彼が、ここに来れない状態であることに違いない。

なんで？　とそればっかりが頭に浮かぶ。なんでこんなことになっちゃったんだろう。花火大会に行きたかっただけだよ。それなのになんで？

息が苦しい。段々、過呼吸気味になっていく。速く浅くの繰り返しの中で、もがくように——籠巾着の中から携帯電話を取り出した。指がぶれてうまく操作できず、イライラして、それでもなんとか着信履歴にたどり着く。画面のほとんどを占める、同じ番号からの夜十時頃の着信。

私はロリコンさんに電話をかけた。だけど繋がらない。私からこの番号に発信しても、彼には繋がらないようにできていた。いつだってそうだ。彼が自分から〝話そう〟と思ってくれなければ、私たちは言葉を交わすことができない。

虚しく響く呼び出し音を止めて、目の前が真っ暗になる。もう限界だった。過呼吸を自分で止めることができず、胸を掻きむしるように浴衣の上から自分の心臓の上に爪を立てたときに——着信があった。

慌てて通話ボタンを押すと、相手はロリコンさんだった。

『志奈子ちゃん？』

彼は家の中にいるようで、電話の向こうの音は静かだ。

「ロリコンさん……」

『どうしたの、なんか、電話くれた？　一瞬だけ着信が……きみのほうからなんて初めてだな。しかも今何時だ？　七時じゃん。早いね……って、あれ？　花火は——』

「ロリコンさんっ……！」

『……何かあった？』

私の様子がおかしいことを感じ取ったロリコンさんは慎重な声を出す。低くて優しい声が耳の中に染み込んでいって、涙腺が壊れる。

「も、無理……。っく……できない。ロリコンさん……うっ、ふ……わからない！」

『泣いてんの？　待って。落ち着いて。……ちょっと息止めてみ』

「ふっ……うぇ」

『呼吸は浅く、ゆっくり……できるだけでいいからゆっくり。大丈夫』

「っ……」

電話の向こうから確かに届く優しい声になだめられ、ゆっくりと呼吸を整えていった。しばらくして完全に過呼吸がおさまった頃。あらためて「何があったの」と尋ねられた。私はお母さんから電話で聞いたままを話す。

『——事故?』

ロリコンさんの驚く声を聞きながら、目を閉じて思う。——ほら。こんな未来、見えてないいんだ。

『……落ち着いて話をしよう。電話、繋いでていいから。きみは一旦家に帰りなさい』

言われた通り、私は携帯を耳に押し当てたまま、とぼとぼと人の流れを逆行して家に帰った。その間私は何度も何度も「死んでないよね?」と彼に尋ねた。しつこいほどに。彼は根気強く「死んでない」「大丈夫」と何度も何度も返してくれた。

背後では無数の花火が散っていく。

家に帰り着くとお母さんが外に出て待っていた。私は電話の向こうのロリコンさんに「着いた」と小さな声で伝える。「また後ですぐかける」という声を聞いて、終話ボタンを押す。

　私を見つけたお母さんが駆け寄ってくる。

「志奈子……。心配したじゃない。なかなか帰ってこないから……」

「ごめんなさい……想史は？」

「市民病院に運ばれたって。直江さんもパニックになってたから、詳しい容態はわからないけど」

「私も病院行くっ」

「ダメよ」

　ぴしゃりと言われて気持ちがはやる。半ば叫んでいた。

「どうして!?」

「……気持ちはわかるけど、家にいなさい。本当にどんな状態かわからないの。ご家族も混乱してるのに、行ったら迷惑になる」

「でもっ……」

「今日は家に居てちょうだい。何かわかったらすぐに教えるから」

　私はまた生きた心地がしなくて、ふらふらと自分の部屋へ上がる。浴衣のままボスッとベッドに腰かけた。それからまた、酸素を求めるように携帯電話に手を伸ばした。ロリコンさんからの着信を待つ。

ドクドクとうるさい自分の心音だけが響く部屋の中。気を抜くと泣き喚きそうになる。ぎゅっと唇を嚙んで我慢していると、携帯が震えた。すぐさま通話ボタンを押す。

『もしもし。……ちょっと落ち着いた？　平気？』

「うん……」

『……彼の様子、何かわかった？』

「……ううん」

『そっか……』

ロリコンさんの声は優しかったけれど、最後の〝そっか〟はどこか思いつめているようでもあった。何度も彼に「死んでないよね？」と訊いてしまったことを後悔する。そんなこと訊いたって困らせるだけなのに。

だって彼は、きっと。

「……ロリコンさん、想史が事故に遭う未来は見えなかったの……？」

返事はない。電話の向こうに感じる静かな息遣い。少しの緊張感。

黙ってしまった彼の代わりに、私の口からは弱い言葉が漏れる。

「……無理だよ」

『志奈子ちゃん……』

もう無理だ。ロリコンさんに助言をもらったってうまくできない。想史の考えてることがわからなくなってすれ違う。

うまくやろうと思えば思うほど、ロリコンさんに見えている未来とは違う展開になって、それに対してはもうなんのヒントもない。そこにこの事故。

未来を変えるのは、怖いこと。

「もう無理っ……」

私はそればかりを繰り返して、ぎゅっと浴衣の膝を摑んだ。握りしめた手が白くなる。さっき止まったと思った涙がぼろぼろとこぼれてくる。熱い。

「うまくできないっ……！」

悲鳴をあげるみたいに泣き叫んでいた。体から血を流す怪獣みたいに。自分の肌までがひりひりと痛む声。私じゃないみたいな声が出る。

『……志奈子ちゃん』

私の声に反応して、ロリコンさんも痛がっている気がした。

「できないよ」

『志奈子ちゃん』

「だから期待しないでって、私っ……」

『志奈子ちゃん聞いて』

根気強く名前を呼ぶ声に、つい耳を傾けた。私が黙るのを待って、彼は言う。

『本当の話をしよう』

──こっちにまで緊張が伝わってきて、私は体を強張らせた。涙が引いていく。彼は、これまでの電話で一度も出さなかったような神妙な声で言う。

『驚かないで聞いてほしい』

どうして彼が今打ち明けようとしているのか、その意図はつかめない。だけど聞き入ってしまう。大好きな声の不思議な引力で。

『実は……俺は』

うん、と向こうには見えないけど頷いた。彼は言う。

『俺は──未来の直江想史なんだ』

彼がそう告げると、私も彼も黙った。ふたりの間に流れる一番長い沈黙。

静かな夜だった。こちらにまで伝染してきた緊張で、私は泣きそうになっていて。

目と鼻の奥が熱い。全部我慢して、私は彼の告白に答える。

「……知ってるよ」

『え』

「ロリコンさんが想史だってことくらい、最初から知ってる」

素っ頓狂な声をあげて驚くかと思ったら、意外にも彼は、悪戯がバレたように苦笑いをした。

『……そっか。やっぱりか』

彼はまるで一大告白をするかのような前置きをしたけれど、私はそれを知っていた。彼が最初に電話をかけてきたあの日から。

『なんで知ってたのか、訊いてもいい？』

落ち着いた声が耳の中に広がる。いつか想史はこんな声になるのかと思った。それから大人になった想史の顔を想像した。実際にその顔を見たことはないけれど、電話の向こうの彼はきっと、私のイメージに近い顔をしているんだと思う。

あの日もそう思って、私はドキドキしていた。

*

――ロリコンさんと電話で初めて会話をする、一週間ほど前。夜の九時頃。見知らぬ番号から電話がかかってきた。

知らない番号からの電話は、無視するべき……？　迷って、結局私は戸惑いながら通話ボタンを押した。すると、私に電話をかけてきたのは予想外の相手で。

〝――もしもし、私？〟

電話をかけてきたのは十年後の自分だった。

〝まさか本当に繋がるとは！　詐欺じゃなかったんだ……！〟〝十七歳ってことは女子高生!?　若ッ！〟と、電話の向こうではしゃぐ女の人の声は、確かに私の声とよく似ている。ほんの少し、私より音が低いだけ。

未来からの電話なんて、いやそんなバカな話ないでしょ……と。すごいイタズラ電話に捕まってしまったと思って、電話を切るタイミングを窺(うかが)っていた。

「未来の私とか言われても……」

〝まぁそんな簡単に信じないか？　そうだよね。あっさり信じられても大丈夫か私って心配になるわ……そうだなぁ。『想史の前では元気っ子のフリして、実は根暗だった御山(みやま)志奈子ちゃんです』って言ったら、信じる？〟

「！」

電話の彼女が〝想史〟と彼の名前を出すものだから、私は信じないにしても、無視ができなくなってしまった。その上、言葉の節々に〝私クサさ〟を感じて。

「想史って……え、誰か知り合い……？」

〝呑(の)み込み悪いなぁもう！　あんた本当に私なの？〟

イラッときたのは不遜(ふそん)な物言いと、私もこういうこと言いがちだよなぁ……と思いあたった同族嫌悪。あぁこれは……私だな。

一度そう思うと、彼女が未来の自分だということに段々違和感がなくなっていって。

大人の御山志奈子を名乗るその人は、腹が立つことも多かったけど、私の気持ちもよくわかってくれた。

〝今朝も想史に無視された？〟

「あー……うん。いつものことだからもう気にしてないけど」

〝嘘ばっかり〟

「……」

〝無視されても、一応隣で笑ってるけど全然平気じゃないでしょ〟

「……なんでわかるの？」

〝私がそうだったから〟

そっか、と腑に落ちる。彼女は私だ。強がっても仕方ないんだと思うと、自然と肩の力が抜けた。何も言わなくても心の中を理解してくれる相手との会話は気が楽だった。

彼女との電話は、ほとんど日課になっていた。しかもだいたいが一時間を越える長電話だ。

六日目の夜に、彼女は憂鬱なため息をこぼした。

〝ずっと人のこと無視してさぁ……〟

「……」

〝クールなキャラのつもりか!?　ってほんと、うんざりしちゃう。ちょっと眼鏡が似合うと思って……！〟

お酒でも飲んでいたのかもしれない。管を巻く彼女は、お正月にウザ絡みしてくる親戚のおじさんとほとんど変わらなかった。こうなってしまうのか私は……。

そのときまでは、大人になったら今よりずっと素敵な自分になっているはずだと勝手に信じていたから、ものすごくがっかりした。

電話を片手に遠い目をしていた私に、彼女は少し舌足らずな喋り方で話し続けた。

〝いつまでも無視されたら、そりゃ私だって心折れるよ……〟

「え？」

——そう言って彼女が語り始めたのは、想史に無視されるうちに段々疎遠になって、無関係になってしまったふたりの話。想史と会話することを諦めた私は、学校でも孤立したままで、ただひたすら勉学に励んだという。勉強して勉強して、想史と同じ大学ではなく、もっとレベルの高い大学に入って見返してやろうと頑張って。

その努力は実り、彼女は実際に超難関大学に合格したという。そして、それなりに名の知れた企業に就職して、人生は満帆。

〝だけどちっとも満たされなかった〟と彼女は言う。

大人になった私は高校時代を思い出し、相変わらずむしゃくしゃしていたそうだ。想史のあの態度だけはやっぱり、なかったんじゃないかと。疎遠になる前に、文句のひとつでも言ってやればよかったんじゃないかと。自分の青春を返してほしいと――――そして、過去に思いを馳せていた彼女は、ある日偶然ネットで見つけてしまった。

〝過去に繋がるスマホをね……〟

「……へぇ」

〝それで、通販ページに飛んだら商品の説明が面白くてさ。購入者の満足度とか利用者の声とか読み込んでるうちに、欲しくなっちゃって〟

「欲しくなっちゃったんだ……」

頭が痛い。

〝注文ボタンを押したら、ほぼ同時に家のインターフォンが鳴ったの。それで外に出たら、もう商品が玄関先に置いてあって！　怖くない!?〟

普通に怖いよ。でもあなた、その箱を開封したんですよね？

〝部屋に戻ってもう一度通販ページを見てみたら、何度やってもアドレスが無効で繋がらなくて。届いた荷物の中にも業者の名前はなかったし、広告ももう出てこなくなったし……。あ、ちなみに届いたスマートフォンなんだけど〟

「……」

〝月のパワーが働いて過去と繋がるから、夜にしか繋がらないんだって〟

開いた口が塞（ふさ）がらなかった。私は何から突っ込めばいいのだろう。まず、休日に一日費やしてネットサーフィンなんて、そんな非生産なことはやめてほしいと強くお願いしたい。赤の他人なら〝勝手にして〟って感じだけど、他ならない自分には絶対にやめてほしい。何より〝ネットで買った〟っていうのも……。そんな怪しいものにお金出したの⁉ 嘘でしょう⁉ 月のパワーとかそれっぽいけど、〝すぐ玄関先に届いた〟とか〝サイトが消えた〟とか怪しすぎるでしょう！ 実際電話が繋がっちゃったからアレだけど！

今の私は絶対に怪しい買い物なんてしない慎重派なのに、一体何があって、私はこんなに危なげない大人になってしまったのか。……訊くまでもない。失恋だ。十年前の納得いかない失恋を引きずって、怪しげなものにお金を出してしまった。

失恋をこじらせている彼女は言う。〝すべて想史が悪い〟と思っているような口調で。

〝しかも想史のやつ、大学に入ってすぐ彼女つくったっていうの！ もうなんなの⁉ って思った。絶対に私の気持ち知ってたくせに……〟

私は静かに彼女の話を聞いていたけど、その言い草には口を挟まずにいられなかった。

「……でも私はきっと」

〝……〟

「自分から〝好き〟とは、言えなかったんだろうね」

他ならない自分のことだから、わかってしまって痛かった。

口を利いてもらえない状況だったから、仕方ないといえば仕方ない。だけど普通に喋れていたところで、私が想史に告白できていたとは思えない。自分が真面目な顔をして告白しているシーンを一ミリも想像できなかった。大事なことほど茶化してしまう、私の悪い癖。

黙った彼女も、きっと同じことを思ったんだろう。少しの沈黙のあと〝もう終わったことだけどね〟とうそぶく大人の私は、やっぱり素敵じゃなかった。

未来の自分との電話で、〝今よりずっと素敵になった大人の自分〟なんてどこにも存在しないんだと知った。そのことに心底がっかりしたけれど、自分のことを少しも誤解なくわかってくれる相手との電話は心地良かった。

私は依然としてクラスメイトに話しかけることができないでいたけれど。――これ、別にもうこのまま卒業したっていいんじゃない？　未来の自分は、私が学校でのことを話すと楽しそうに聞いてくれたし、愚痴っても〝私もそれ思ったわー〟って気持ちよく同調してくれる。

友達なんて別にいらないいじゃん。気を遣うだけだし。彼女が話を聞いてくれればそれで、私の心は満たされるんだから。

　私が未来の自分にずっぷり甘えだした頃。その日はやってきた。

　最初の電話から七日目の夜。いつものように電話がかかってきたと思ったら、開口一番、彼女は言ったのだ。

〝想史から電話かかってきた！〟

　ベッドの上で携帯電話を片手に固まってしまった。想史から電話？　……未来でかかってきたってことは、その想史は大人の……？

　大人になった想史が、電話の向こうの世界に存在しているということ。大人になるなんて当たり前のことなのに、その事実にびっくりしていた。

　慌てふためく心臓をおさえつけていたら、彼女は更にびっくりなことを言う。

「えっ、いつ……」

〝今。現在進行形で〟

「今!?」

　思った以上に差し迫った状況に、私まで取り乱す。危うく携帯を取り落としそうになった。バクバクと心臓が暴れ始める。荒くなる息を抑えて、携帯をぴとりと隙間なく耳に押し付けて、彼女の言葉の続きを待つ。

〝かかってきて想史の声だったけど、何も返事せずに保留にしちゃった！　保留にしたまままあんたに電話かけてる！〟

「そっ……そんなことできるのっ⁉」

〝説明書にやり方が書いてあった！〟

怪しい商品のクセに無駄にハイスペック！　そして親切！

電話の向こうの彼女も、若干(じゃっかん)興奮気味で。

〝今更何の用だと思う？〟

「知らないよ！　早く出なよ！」

〝無理っ……なんなの一体、今更……何を話せって言うのよ〟

「そんなこと言ったって出ないことには！　文句言ってやりたいって思ってたんでしょ⁉」

〝でも！　もう何年口利(き)いてないと思っ……〟

「いいから早く出なって！」

〝むりむりむり！　絶対にむりッ〟

「どこまでだらしないの私は……！」

電話に出る出ないの押し問答でほとんどケンカみたいになっていた。こうしている間にも、大人になった想史は私が電話に出るのを待っている。——早く電話に出なければ。彼が諦めて電話を切ってしまったら、未来の私たちは、もう本当に言葉を交わさずに終わってしまうのかもしれない。

そんなの嫌だ。

「お願いだから出て……！」

未来の私に向かって切実に呼びかけた。けれど彼女は言う。

〝今更何を話すの？〟

そう繰り返す。

「でもっ……」

〝怖いんだよ〟

私ってこんな声も出すんだ……と驚くほど、苦しそうに張り詰めた声。ぎゅっと胸が絞られる。彼女は、私がまだ知らない痛みを知っている。

〝なんの用事かわからない。……でも、また無視されるようなことになったら？　延々と無視され続けて、傷つけられたらって思うと……今度は私、痛くて死ぬかもしれない〟

一年以上もシカトされて私もつらかった。でも彼女は、その後も耐えていたはずだ。私よりも長く、想史の隣で笑っていたはずだ。何を話しても返事をもらえない理不尽さに耐えかねて、心がポッキリ折れてしまうその日まで。

その気持ちを「わかるよ」とは言い切れない私は黙る。

すると、彼女はこう言った。

〝……あんたが代わりに出てくれる？〟

「……へ？」

〝電話に出なきゃと思うなら、こうなる前にあんたが変えてよ。私はもう傷つきたくない〟

「は」

何を言ってるの、と私が尋ねるより早く、彼女が最後の言葉を口にする。

〝未来を変えて〟

通話が途切れて、その一瞬あとに。

『…………志奈子？』

今度は男の人の声がした。まったく知らない、大人の男の人の声。それなのに、矛盾するけど、昔から知っているような気もする声。未来の想史なんだと思うと息が詰まった。

大人の私がネット通販で購入した怪しい電話を媒介に、繋がってしまった電話。私に何を話せと言うんだろう。

　黙っているわけにもいかず、恐る恐る口を開いた。

「…………もしもし？」

『！』

　電話の向こうにいる人が息を呑む気配。何にそんなに驚いたんだろう？　この人は、何が目的で未来の私に電話をかけてきたんだろう。もう随分と会っていないと言っていたのに。

「あの……誰ですか？」

『あ……』

　なんとなく、電話の相手に察しがついていない風を装って問いかけた。電話の向こうのその人は一瞬固まったけれど、思い直したのか、またすぐに言葉を放ってくる。そのたびに耳心地の良い低い声にドキドキしてしまう。

『誰、って……さっき名乗っ……』

　私は、二十七歳の自分を演じ切れるとも思わなかったので。

「……あっ！　もしかして新手の塾の勧誘!?　前にもあったけど、こんな子どもの番号にかけてきても――」

そう言って、なけなしの演技力を総動員して自分が女子高生であることを伝えた。私は、十七歳の御山志奈子です。あなたが話そうとしていた二十七歳の御山志奈子ではありません。二十七歳の御山志奈子は、あなたと話すことにビビってばっくれました。……とは、さすがに言えなかったけど。

彼は少しずつ、電話が過去に繋がっていることを理解していった。

『……御山、志奈子。……さん』

直感的に〝好き〟と思ってしまった声で名前を呼ばれて、カッと頬が熱くなる。

『砂見高校の、御山志奈子さん』

彼はどんな顔をしているんだろう。彼が呼ぶ自分の名前に聞き惚れながら。頭の中に十七歳の想史を思い浮かべて、勝手に歳をとらせる。今より少し骨ばって、硬そうでたくましい。何それ素敵。私がしていることはほとんど妄想に近い。

本当はもっと話していたいと思ってるくせに、私は意地悪をして「切ります！」と言い続けた。それに対して『待って』と焦るその人が可愛くて。

私が想史を困らせてる。その感覚も珍しいことで、楽しくなってしまって。

「……なんの用があってかけてきたんですか？」

『………えぇと』

まったく見当がついていなかったから、それだけは困らせたかったわけじゃなくて、純粋に知りたかった。なんて答えるのかなと思って待っていたら、その答えは予想の斜め上をいく。

『――俺には未来が見えるんだ』

……それ、私に信じろって言うの？　いや信じるけど。

突然の〝未来が見える〟設定に、大人の想史の目的がつかめずにいた。ほんとにこの人、なんで私に電話しようと思ったんだろう？

その答えは、彼が予言する私の未来の内容でだいたい察しがついた。

『大人になったきみは、高校生のあのときにもっと頑張ればよかったって、ずっと後悔してるよ』

――もしかして、そういうこと？

私が女子高生の頃の御山志奈子だと理解するなり、彼は言った。きみが後悔している未来が見えるから今を頑張れと。そして未来を変えろと。彼はきっと、未来の私と同じことを言っているんだ。彼女も言っていた。

〝未来を変えて〟

その次からは、大人の想史から直接私に電話がかかってくるようになった。未来の私は完全に今の私に丸投げすることに決めたのだろう。それ以来彼女から私に電話をかけてくることはなく、想史からの電話をすべて私に転送しているようだった。

この人たちはふたりして、私に未来を変えるよう言っている。私が私を頼るのはまだわかる。でも、想史が私を頼るのはなんで？　ふたりはずっと疎遠だったらしいのに。私に過去を変えてほしがる理由は……未練？　それってなんだかずるい。大人のくせに、格好悪すぎる。内心そう思っていたけど、私だって想史と疎遠になって一生を終えるのは嫌だった。

だからとっても不本意だったけど、私は彼と手を組むことにしたのだ。彼には「未来が見える」らしいから。過去と未来が共謀すれば、大抵のことはうまくやれると思ったので。

――そうして私とロリコンさんの電話は始まった。

*

『……そう、だったのか』

ロリコンさんとの電話が始まる前の一週間に起こったことを話すと、彼は戸惑いながらも理解してくれた。未来の私が彼と話すのを拒否したこと。私が最初のうちから彼の意図に気づいて電話をしていたこと。どちらも彼が知りようのないことだったので、驚くのも無理はない。

　電話の向こうの彼が薄く唇を開いているのを想像しながら、問いかける。

「……ロリコンさんは、なんで突然大人の私に電話しようと思ったの？　ずっと連絡とってなかったんでしょう？」

　これまで電話の節々で感じていた、自分への未練を確かめる。でも彼の答えは、私が思っていたものとは少し違っていた。

『……一度だけ、声を聴けたらいいなって思ったんだよ』

「それだけ？」

『うん。それで、できたら〝おめでとう〟って言うつもりだった』

「……おめでとう？」

『〝結婚おめでとう〟って。……ちゃんと言えてたかどうかはわからないけど』

　彼は別に、未来の私ともう一度……なんてことを考えていたわけではないらしい。そのことを理解して少し気が沈む。

『でも過去のきみに繋がったんだってわかったら、欲が出てしまって。もしかしたら違う未来もあったんじゃないかって思った』

「……」

『……志奈子ちゃん、ごめん。焦って俺はきみに、いろんなことをお願いしすぎたね』

まるで大人みたいに語りかけてくる口調に、心の中でするすると何かがほどけていく。

「想史のくせになに言ってるの」って。「本当は格好悪い大人のくせになに言ってるの」って、言いたいのに言えない。

「……頑張ろうと思ったんだよ、私」

高く積みあがっていた決意が、崩れていく。

『うん』

「頑張って、未来を変えられたらって。……でも結局こんなことになった。喋(しゃべ)れるようになっても想史のことはよくわかんないし、すれ違うし。想史は事故に遭(あ)っちゃうし」

『うん。……きみに全部押し付けて本当に悪かった。ずるかった。ごめん』

「うまくやるつもりだったのに……」

『うん、ありがとう。でももういいよ』

その宣告に息を呑む。唇が震える。

「……〝もういい〟って何」

『きみは俺たちのためになんか頑張らなくていい』

「……」

『きみはそっちにいる直江想史と、やりたいようにやればいい。……突き放すように聞こえるかもしれないけど、でも、きみの人生だ』

「……ロリコンさんはどうするの？」

　電話の向こうで、彼は困ったように笑う。

『今日、そっちで自分が事故に遭ったって聞いて、確信した。俺には事故の記憶なんてない。過去が変われば、その分今の現実に変化があるのかなって思ってたけど……そうじゃなかった』

「……今を変えても、未来は変わらない？」

『うん……。きみがいるその世界と、俺がいるこの世界はまったくの別モノだ』

　どうして電話だけが繋がってしまったかな、と彼は苦笑する。その声の感じに、目と鼻の奥がツンと痛くなった。

『……志奈子ちゃん泣いてる？』

「……泣いてない」

『ごめんね』

「泣いてないってばっ」

『悲しませてごめん』

「……」

『待ち合わせしてたのに、事故になんか遭ってごめん。でも俺は、たぶん生きてるよ』

「……ほんとに？」

『ほんとに』

彼が力強くそう言ったら、私はいつも信じざるを得なかった。今がもう彼に見えている未来とは違っているにもかかわらず、疑うことができない声。

私はこの声に支えられてきたのに。

『志奈子ちゃん』

「なに？」

『俺のほうではもう叶えられないけどさ』

──諦めている声がする。

『そっちの俺が、無事に生きてたら……志奈子ちゃん。ほんとに気が向いたらでいいから』

「……なに」

『気が向いたら……俺と結婚してよ』

「えっ」

ベッドの上で、私は飛び上がりそうになった。男の人からの初めてのプロポーズ。大好きな声に〝結婚して〟と言われて、嬉しくて死にそうになって一気に顔が茹る。

だけど浮かれたのは束の間。ロリコンさんにそう言われたところで、今の私と未来の想史が結婚できるわけではないのだ。当たり前だけど。

「……結婚なんて」

『そこにたどり着くためのフォローだったらなんだってしてあげる。きみがそれを望むなら』

ね、と柔らかく笑うロリコンさんに、軽口を叩くこともできない。

最初は自分の未来のために彼と手を組んだつもりだった。今の私が想史と疎遠にならないため。その一心で、可愛く振る舞ってみたり、勇気を出してみたりして。

でも途中から、それが少しずつ変わっていったと思う。私に未来を変えさせようとする、ずるくて情けないロリコンさんの声を聞くたびに。そうまでして私との未来を繋ごうとしている彼に。

彼が今度こそ未来の私を得て、それで幸せになれるなら期待に応えたいと思った。期待はやっぱり重くて息苦しかったけど、それでも乗り越えて未来を変えるつもりだった。彼をがっかりさせないように。彼が望む未来を手に入れられるように。

——だけど、私と彼の世界は決して交わらない。私が今この世界でどれだけ頑張ろうと、ロリコンさんの望む幸せをあげることはできない。

彼が〝なんだってしてあげる〟と言ってくれても、私が彼に与えられるものは何もなかった。

電話で〝結婚して〟と言ったら志奈子は混乱して、『えっ』とか『ううっ』とか呻いてまともに返事をしなかった。そりゃそうか。こんな三十路前の男に結婚してとか言われてもな……。〝気が向いたらそっちの想史と結婚してほしい〟なんて、やっぱり俺の勝手な願いでしかない。

動揺で慌てふためいていた彼女は、花火会場の近くから電話をかけてきたときに比べたらだいぶ元気になっていた。彼女に「そっちの俺はきっと大丈夫だから、あんまり心配しないように」と言って、よく眠るよう促した。「おやすみ」と言うと、いつもより弱弱しい声ではあったけど『おやすみなさい』と返ってきた。今日の電話は終了。

スマホを耳から離して、ベランダの手すりに腕を組んでそっと頭を伏せる。

今夜は比較的涼しい。生暖かいような、ひんやりしているような絶妙な温度の風が吹いて髪とシャツを揺らす。自分の腕に頭を伏せたまま目を閉じて考えていた。――この現実はもう変わらない。

さっきの電話で志奈子に説明しながら自分に言い聞かせていた。過去を変えたとして、今この現実は変わらないということ。高校生の俺が志奈子を無視して傷つけた事実もなくならないし、その後ふたりが疎遠になったことだって変わらない事実。そして、志奈子がもうすぐ結婚するということも——。

こんなズル、最初からまかりとおるわけがなかったのだ。

彼女はいつ結婚するんだろう？　もう籍を入れたのかな。俺は今日、やっと失恋できたのかもしれない。さっきの電話で志奈子は言っていた。未来の彼女は〝今更〟と言って俺の電話に出たがらなかったという。

「……やっぱそうだよなぁ」

静かなベランダで独り言つ。最初に電話をかけたときは〝今更〟って怒られたっていいと思っていたけど、そもそもそんなレベルの話じゃなかった。志奈子は怒っているだけじゃなく傷ついている。

高校生の頃やってしまったことの重さを今更実感した。〝もう傷つきたくない〟と言わせてしまうほどに、俺は彼女を傷つけていた。ただ自分の声変わりしていない声を聞かせたくないという、本当にたったそれだけのくだらない理由で。

高いままの声を聞かせたくなかったのは、好きだったからだ。他の誰に聞かれても別に構わなかったくせに、志奈子にだけはどうしても嫌だった。それは間違いなく恋だったのに。何にも気づけずに。

女子高生の志奈子だって言っていた。

〝馬鹿すぎて笑っちゃうでしょ？〟

「馬鹿だった。……まったく笑えないけど」

あーあ、と嘆いてベランダから動くのも億劫になった。このまま風に飛ばされて空を漂って宇宙の塵になってしまいたい……。

ズルをして情けなく足掻いてみたけど、俺の物語はもう終わっていた。過去と未来が繋がる不思議なこの話は、三十路を前にしてうだうだと後悔を募らせている男の物語じゃあない。キラキラとした青春の中に生きる、彼女のための物語だ。

その一端を担えるだけでもういいじゃないか。この先も高校生の彼女と、他愛のない電話をすればいい。俺は知っている限りの思い出と知恵で彼女の良き相談相手であればいい。それで最終的に彼女が別の男を好きになったとしても、それならそれで、いいじゃないか。

もう自分の恋が未来永劫叶うことがないと知ったその夜は、頭の中でバッドエンドの映画のエンドロールが流れていた。

9. 二人が手にした真実

御山志奈子、十七歳。花も恥じらう高校二年生は、先日、毎晩のように電話で親交を深めていた成人男性（推定二十七歳）からプロポーズされました。

〝俺と結婚してよ〟

鏡の前、出かける準備をしていた私の頭の中で、そのセリフはエンドレスリピート。

〝俺と結婚してよ〟

……何度思い出しても良い声です。ちょっとハスキーで、笑うと可愛い素敵な低音ボイス。思い出すだけで耳の中をくすぐられたみたいになる。

突然のプロポーズに動揺して突っ込みそびれてしまったけれど。あのときこそ私は、この言葉を使うべきだった。

ロリコンじゃん！

もう言い逃れできまい。頑なに否定する彼を追い詰める絶好のチャンスだったのに、私がうろたえているうちに電話は終わってしまった。録音しておけばよかったなと今更思う。

……なんて、可愛くないことを思ってみても、結局のところ私は浮かれている。なんていったって人生で初めてのプロポーズ……！

想史が事故に遭ったというのに、なぜ私が今こんなにテンション高く元気でいるかというと。

「いってきます」

私はショルダーバッグを斜めにかけて家を出る。背後から「お見舞い持ったー？」と間延びしたお母さんの声がして、それに「持ったー」と同じく間延びした返事をした。

想史が交通事故に遭った花火大会の夜から三日が経った。私はこれから、おばさんに呼ばれて想史が入院している病室を訪ねる。

結論から言うと、想史は命に関わるような重体ではなく、骨折だった。事故の翌日におばさんからお母さんに電話があって、〝騒いでごめんなさいね。なんか……骨折だけで済んだみたいで〟〝少し落ち着いたら来てやってちょうだい〟と。そう連絡があったと教えてくれたお母さんはバツが悪そうに言った。

「まあ、よかったじゃない、無事で」
そりゃ無事でよかったですとも。万々歳です。……でも私の涙を返してほしい。最悪の事態を思って泣き喚いていた私を、自分の記憶の中から消そうと遠くへ遠くへ押し流す。もちろんそんな都合よく忘れられはしない。

長い髪を一本の三つ編みにして右側に流す。白のTシャツに青色のサロペット。自分が持っている服のなかで一番こなれた大人っぽい服を選んだ。大人のように振る舞わなければと思った。今の私と想史の間には、いろいろと気まずいことが多すぎるから。

想史が入院している市民病院までは、電車で二駅。そこからバスに乗って十五分。市民病院に行くのはおばあちゃんが入院していたとき以来だ。

私はバスの中、お母さんに持たされたお見舞いのメロンを膝に載せて揺られていた。揺られながら、考えた。ロリコンさんのことを。

あの日、過去を変えても自分の世界は変わらないと悟ったロリコンさんは『気が向いたら俺と結婚して』と言って、『そのためならなんだってしてあげる』と言った。つまり電話はこれまで通り続くということ。

実際に、昨日も一昨日もいつもと同じ時間に電話がかかってきて、私は想史の症状が骨折であったことを伝えている。彼は『ほらね、生きてる』と言って笑っていた。……それって、いいんだろうか?

複雑な気持ちが拭(ぬぐ)えない。だってそんな電話、私にしかメリットがない。彼の未来を変えられないのに、私だけ自分の未来のために協力してもらうことは、なんだかとっても図々(ずうずう)しいことな気がした。だからといって、ロリコンさんと電話する習慣がなくなるのも嫌だし。

ロリコンさんとの会話は心地いい。あの時間はもう、私にとってなくてはならないものになっている。

結局私は彼との電話をやめられないんだろうなと思ったときに、バスが市民病院の前に停まった。


縦にも横にも長い赤れんが色の病院は、いつ見ても大きくて圧倒される。普段、学校の校舎っていうなかなか大きな建物を見ているはずなのに、それでもこの病院は特別大きく思えた。この中の一室に想史がいる。

私は正面玄関の前で少し緊張して、メロンの入った紙箱の取っ手を握る手に力を込めた。

……想史、どこの部屋にいるって言ってたっけ。ショルダーバッグの中にあるはずのメモを探してごそごそと掻(か)き回す。

「志奈子ちゃん？」

「……あ。おばさん」

　正面玄関の端っこで想史のお母さんに見つかって、病室まで案内してもらうことになった。看護師さんや患者さん、お見舞いにきている人や診察を受けにきている人とたくさんすれ違う。消毒液の匂（にお）いを懐かしく思っていると、おばさんはたくさん話しかけてくれた。「驚かせちゃってごめんね」「私も最初〝交通事故〟としか知らされなかったから、気が動転してて」と、申し訳なさそうに。

「どれくらい入院するんですか？」

「うーん……今のところ、二週間って言われてる。治りが早ければもう少し早く、とも言われてるけど……。かわいそうだけど、夏休みのほとんどは病院で過ごしてもらうことになるわね」

「そんなに……」

　二週間って、やっぱりまあまあひどい事故だ。これから会う想史はどんな姿でいるんだろう。

　会うのがまた不安になってきたタイミングで、病室の前にたどり着く。おばさんが言う。

「それ、お見舞い？」

「ありがとう。ごめんね気を遣わせちゃって……お母さんにもありがとうって言っておいて。メロン、今切ってくるから志奈子ちゃんも一緒に食べましょう」

「あっ、はい」

「え、や」

「先に想史と話してて」

「えぇっ」

にこやかに笑って、おばさんはメロンを持ってどこかへ消えてしまう。私をひとり病室の前に残して。一気に心細くなったけれど、このままここに突っ立っているわけにもいかない。意を決して病室の中を覗く。

開いたドア。目から上だけを覗かせると、そこはカーテンで仕切るタイプの四人部屋だった。昼間の陽光で満たされた、少し暑いくらいの室内。今、カーテンはすべて開け放たれている。他の患者さんはみんな不在らしいとわかる。

ひとりベッドに座っていた想史と目が合った。眼鏡の奥の目が一気に丸くなる。

私は見たままをつぶやいた。

「手足が包帯でぐるぐる……」

「志奈っ……えっ、なん……お袋が呼んだのか⁉」

「教師じゃなくてミイラになりたいの？」

「……教師だよ。バカにすんな」

想史は結構元気だった。私が来ることはおばさんから知らされていなかったみたいで、今の慌てようは長い付き合いでも見たことがないレベル。〝バカにすんな〟とむすっとした顔も珍しい。「こんなだっせぇとこ……」とぼやく想史のそばにパイプ椅子を引き寄せて、ゆっくり腰を下ろす。

ベッドの上に視線を向けて確かめるように眺めた。右足は包帯に巻かれ高く吊り上げられ、左腕は三角巾で首から吊るして固定してある。あとは打撲と思われる怪我がちらほら見られて痛々しい。

私はいつも通りの明るい声で。

「来てほしくなかった？」

「当たり前だろ。こんなとこ誰にも見られたくない」

「またまたぁーっ。志奈子ちゃんに会いたかったくせに」

「お前ほんと最近図太く…………志奈子？」

悪態をつこうとした想史の声は途切れて、驚いた調子で名前を呼ぶ。その表情を、私は自分の顔を手で覆っているせいで見ることができない。

「……なんで泣くんだよ」

「……うるさい」

明るい声を出せたのは最初だけ。いざ本人を目の前にするとダメだった。

ちゃんと生きてる……って実感すると、安心して目の奥が熱くなって。私が「花火大会行きたい」って言わなければ、きっとこうはならなかった。そう思うと、痛々しい傷のひとつひとつが胸に刺さった。〝絶対に泣かないように〟〝いつも通りに〟って決めていたのに、涙は後から後からぽろぽろと落ちる。頑張っても止められない。大人ぶった服装も意味がない。

「志奈子……」

「……ごめん。気にしないで、すぐ止まるから」

泣いちゃダメだ。ずっと笑ってきたんだから。今更泣いて見せたら、想史はこの間のように困ってしまう。彼の部屋で私が泣いてしまったときのように、どうしていいのかわからなくてきっと、困ってしまう。

手の甲や指で涙を拭って、不格好だけど「へへっ」と笑って見せようとした。大丈夫だ。びっくりしただけ。こんなの一瞬のことで、すぐにいつもの私に戻るから。――そう振舞おうとした私の頭を、大きくて温かい手が覆う。

「……」

……この手はなぁに？

びっくりして涙が一瞬で引いた。想史がベッドに座ったまま、手を伸ばして私の頭を撫でている。優しく頭を揺らされ、心がふわふわと浮足立つ。

しばらく撫でて、私の頭に手を置いたまま彼はぽそりと言った。

「……泣かせてばっかりだな、最近」

「……」

「志奈子」

名前を呼ばれる。同時に温かな手が頭から離れていって、それにつられるように顔を上げた。想史は真剣な顔をしている。

頬に涙を垂らし、サイドに残していた髪を頬に張り付かせたままでその顔と見つめ合う。心臓が痛くなる。

「花火、行けなくてごめん」

静かな声で謝られて、私は小さく首を横に振る。

「そんなの仕方ない。事故だし」

「この間のことも、ごめん」

ピクッと反応する。この間のこと、というのはきっと、あの雨の日のキスのこと。今度は首を振らずに言う。

「……それはもっと真剣に謝って」

「本当にごめん。反省してる。もう絶対にしない。……無理矢理には」

最後に小さく付け足された言葉にうつむくしかない。無理矢理にはって、合意だったらするってこと？　……そんな恥ずかしいこと、今言わなくてもいいのに。

恥ずかしいじゃん！　とここからいつものペースでいけるかと思ったら、想史の言葉はまだ続いた。

「それから……ずっと無視してたことも、ごめん」

「……え？」

「花火に行けなくなって、しばらくここで考えてたんだけどさ……」

想史はいつもより真面目な顔で、真剣に言葉を選んでいる。無視していたことについて謝られるのも初めてで、私は緊張して自分のサロペットの膝をぎゅっと握っていた。想史は時折私から視線をはずして、かと思えばまた視線を合わせなおしたりしながら伝えてくる。不器用に。

「なんか……今までずっと、お前は平気なんじゃないかって思ってたんだ。俺が何したっ

て ニコニコ笑ってるんだって思ってた」

そんなわけない。

喉（のど）まで出かかった言葉を胸の中に留める。そんなわけないけど、想史にそう思わせたのは私だ。私がそう思ってほしがった。――今はどうだろう？

「でもお前あのとき、泣いただろ。俺の部屋で」

私は、想史にどう思われたい？

「〝あ、泣くこともあるんだ〟って思った。平気じゃないこともあるんだって。こんな顔もするんだって」

黙って想史の言葉を聞きながら、解けていく。

「そう思ったらさ……ずっと無視してたのだって、平気なわけがないよな。本当にごめん。……ありがとう。ずっと根気強く話しかけてきてくれて」

……ダメだ。またぽろぽろと涙がこぼれてくる。私はたまらず、自分の両手で顔を覆ってしまう。

想史は言いたいことを全部言えたようで、泣いている私に困ったような声で話しかけてきた。

「……志奈子、泣くな。ブサイクんなってるぞ」

「泣くでしょこんなの……」

泣くなと言うけれど、別にもう泣いてもいいんだろう。困らせるかもしれないけど、もう想史は私が泣くということを知っている。悲しかったら泣くし、嬉しくても泣く。それは全部、私が感情を見せない限り彼が知りようのなかったこと。

──そうだ。たった今気づいた。参考書なんかなくたって。未来なんか見えなくたって。私はこんな風に想史と距離を縮めていくことができる。

自分の格好悪い部分を見せて。その分好きになってもらえる素敵な部分も見せて。どちらかだけじゃダメだけど、ぶつかっていけばいくらでもまだ近づいていける。

そしてそれができるのは──なにも、私だけじゃない。

「っ……想史」

嗚咽(おえつ)を堪(こら)えて名前を呼ぶと、彼はドギマギした顔で反応する。想史もまだ私の泣き顔に慣れていない。私がまだ、真面目な話に慣れていないみたいに。

「なに?」

「あのね、私……想史に聞いてほしい真面目な話がある」

「……真面目な話?」

「うん。でも……もう少しだけ待って」

泣いていたけどなるべく強く笑って見せた。想史はなんの話だと首を傾げたけれど、〝待って〟と言ったから待ってくれるようだった。

私は想史に、真面目に伝えなきゃいけないことがある。……そしてそれより先にもうひとり、真面目に伝えたい人がいる。

決着をつけないと。ここしばらくずっと甘えてきたことを、私は、自分の手で。

茶化したり冗談にしたり、ふざけている場合じゃない。

ここから先は真剣にやらなきゃ。

10. 今夜、2つのテレフォンの前。

彼女がお見舞いに行くと言っていたその日、俺は朝から公民館まで遠出して模擬(もぎ)授業を行っていた。夏休みといえど生徒と違い、教師は普通に出勤日だ。いつも通りの時間に学校に行く。夏期講習のクラスも受け持っている。もしくは今日みたいに、授業のセミナーや教育を考える会議に出席する。

クーラーの効きが悪い会議室で。教育委員会の皆々様を前にして、俺は古典の教科書を開き、課題として設定された『源氏物語(げんじものがたり)』の授業をマニュアル通りにこなした。ここでは「光(ひかる)源氏がロリコン」なんてことは口が裂けても言っちゃいけない。ただ粛々(しゆくしゆく)と、生徒が覚えるべき点を強調して三度繰り返し、覚えてほしいことだけ頭に残るような授業をする。あまりに空調が仕事をしないせいで顎(あご)にまで垂れてきた汗を手の甲で拭(ぬぐ)う。なんのための模擬授業なんだろう、と思いながら。

古典なんて特に、いかに教師が面白く物語を語れるかにかかっていると思う。生徒が興味を持てるかどうかは、どれだけ自分たちの感覚に引き寄せて語れるか。それ次第だ。

——なんて、熱いことを考えてから気持ちが沈む。

高校生のあのとき既に、俺は教師になりたいと思っていた。望みは叶って、高校教師になった。だけど今の志奈子はそのことを知らない。毎日あれだけ近くにいたのに、俺は自分のことを何ひとつうまく伝えられなかった。志奈子のことも、ほんの少しも理解してやれなかった。疎遠になったのは当然の結果なのに、今になってもこんな風に考えたりして。

（……女々しい）

ほんとそれ、と高校生の自分がぼやいた気がした。


そしてやってきた夜の十時。俺はいつものように先に風呂を済ませ、タオルでガサガサと髪を拭きながら冷蔵庫の中を漁っていた。缶ビールを一本取り出す。プルタブを開けるとプシュッと小気味良い音がする。一口だけ飲んだらローテーブルの上のスマホを拾い上げて、そのままベランダへと出る。

ぬるい風に頬を撫でられた。薄手のシャツにタオル地のハーフパンツ。それだけだと微妙に肌寒いので上からパーカーを羽織った。今日はやけに星がくっきり見えるなと思ってじっと空を見つめていたが、すぐに電話をかけることを思い出しスマホに向かってうつむく。

いつも発信履歴から辿るその番号は、他の先生への業務連絡の間に埋もれて点々と存在する。そのうち一番上にあった履歴をタップして電話をかけた。

呼び出し音が鳴り始めて、考える。最近は電話をかけるとき毎回考えている。ここから先はただの相談相手に徹するんだと。

彼女の未来をどうこうしようなんて思うな。俺の現実はもう変わらないんだ。……そう言い聞かせていないと、余計なことを言ってしまいそうで。

「……ん？」

気づけばまだ呼び出し音が鳴っていた。いつもなら3コール以内に通話が始まるのに、今ので何回目だ？　もう五回目が鳴り終わった気がする。親が部屋にいるんだろうか……。

一日切ろうかなと思ったそのとき、呼び出し音が途切れた。

『もしもし』

やっと繋がった電話。どことなくカタい気がする彼女の声に、俺はつい第一声を忘れてしまう。

『……もしもし？　ロリコンさん？』

「あっ。……あぁ、こんばんは志奈子ちゃん。最近訂正を忘れていたけど、俺はロリコンじゃないから」

　とっさにお決まりのフレーズを返したけれど、彼女はそれを無視して『こんばんは』とだけ言った。いつもならここは、もっと食い下がってくるところだと思うんだけど。

「……志奈子ちゃん。もしかして今日、なんかあった？」

『なにもないよ。どうして？』

「なんか、いつもより……」

　なにか吹っ切れたような、そんな潔い声に聞こえる。その微妙なニュアンスを伝えられる気がしなくて俺は、言葉を濁して話題を変えた。

「今日はお見舞いに行ってたんだっけ」

『うん。想史ね、思ったよりも元気そうだった』

「でしょ？　ほら、言った通りだ」

『でも、思ったよりも痛そうだったけど』

「……結構ひどそうだった？」

『長かったら二週間入院だって』

「二週間かー……」

　ちなみに俺は今に至るまで入院を経験したことがない。志奈子とキスをしたこととい い、入院といい、向こうの俺はやたらと経験値が高い。羨ましかったり、骨折が痛そうで御免だと思ったり。……いや、でも羨ましいのかなやっぱり。まだ志奈子とこの先、二転三転する可能性があるというだけ。そんな格好悪いこともう言わないけど。

スマホを耳にあてて彼女の息遣いを感じ取って、目を閉じる。もう一度言い聞かせる。ここから先はただの相談相手。

「うまく話せた?」

一言そう問いかけると彼女は返事をしなかった。流れる沈黙に、病室で気まずそうに黙りこくっている志奈子と高校生の俺を想像する。まぁそうなるよな。俺の部屋でひと悶着あってから顔を合わせてなかったわけだし。

なんて言葉をかけたら彼女を元気づけられるか。俺が言葉を探していたら、彼女が口を開いた。

『うまくは話せなかった』

「そっか……まぁ、でも」

『でもそれでいいと思ってる』

俺の言葉は彼女の一言にぴしゃりと遮られた。

「……え?」

……なんだ、この、研ぎ澄まされたような声は。どうしたんだろう今日、なんか格好いいな。そう思う反面、なんだか焦ってしまう。

「……それでいいって？　うまく話せなくてもいいの？」

『いいの』

〝まずい〟と直感的に思ってしまう。

『うまくは話せなかったよ。また泣いちゃったし、想史も困った顔してた。……でもそれでいいんだって思った。うまくできなくても、本当の感情を見せたら、関係は勝手に転がっていくんだって』

凛とした声でそう言うと、彼女は一度大きく息を吐いた。それから。

『――ロリコンさん。これが最後の電話です』

言い渡された瞬間、ザザァ、と夜風が強く吹いた。それは眼下の住宅街に植わる街路樹をざわめかせる。俺のシャツを膨らませ、前髪を揺らし、心をも強く揺さぶってくる。

――最後の電話？

言い渡されたそれを、うまく受け止めることができずに。

「……最後にする意味ある？　それ」

『あるよ。私にもロリコンさんにも。……私ね、ロリコンさんにはすごく感謝してる』

これまでのことへの感謝。けれど提案されているのは関係の終わり。なんかこの感じ、身に覚えがあるなと思ったら、元カノと別れ話をしたときだ。〝ほんとは私のこと好きじゃないよね〟って振られたときによく似ている。

『いつも一生懸命私の話を聞いてくれたでしょ。私が安心する言葉をかけてくれたでしょ。それにたくさん、励ましてくれた』

「……半分は自分のためだったけどね」

彼女がかけてくれる感謝の言葉はバツが悪すぎて、耐えかねた俺は自嘲気味にそう言った。彼女は『そうだったね』と穏やかに笑って続ける。

『正直、なにが〝もう少し彼のことで頭を悩ませとけばいいんだよ〟だって思ったよね』

「……」

『つまりあのときロリコンさんは〝もう少し俺のことで悩め〟って言ったわけでしょ？その上〝それが恋愛の醍醐味だろ〟とかなんとか……』

「志奈子ちゃんごめん、やめて。死にそう」

俺はずるずるとその場にしゃがみこむ。スマホを耳にあてたまま。……そうか。そうだな。彼女は最初から俺の正体を知っていたんだから、あのときも〝何言ってるんだこいつ〟って思っていたんだろう。……消えたい。今こそ宇宙の塵になりたい。

　彼女は電話の向こうでふふっと面白そうに笑った。こうにも彼女が優位な電話は初めてだ。

『未練がましいなぁって思った。未来の私に対しても思ったけど、ほんと大人って全然素敵じゃないんだなって』

「返す言葉もない……」

『でもそのことに安心もしてたんだ』

「……安心?」

『大人になった想史も完璧なわけじゃないんだってわかったから。……だから、自分の弱いところも、ちょっとくらい見せてもいいのかもしれないって』

　そう言われて思い出す。ベランダの陰に座りこんだまま。時折ネガティブなことを俺に話した彼女と、渋沢先生が語った〝もう誰にも期待されたくない〟と言っていた彼女。高校生の俺が見落としていた一面。

　今の彼女は、憑き物が落ちたかのように朗らかな声で。

『想史の前では〝明るく能天気な志奈子〟でいなきゃ！　って、ずーっと思ってたんだよねぇ。でも私、ほんとは全然そんなことないの。自分から行動起こすのは苦手だし、人にどう思われてるかってめちゃくちゃ気にするし。……ロリコンさんはもう知ってるかもしれないけど』

　そこで一息ついて、彼女は言った。

『ロリコンさんとの電話は、すごく心地よかったです』

　その声は揺るぎなくて、〝これが最後の電話〟という彼女の決定がもう覆らないことを悟る。俺はしゃがんでいる場所から顔を上げて空を見た。

　星が綺麗な夜だった。

『私のことを好きでいてくれて、私のことを一番に考えてくれて。ロリコンさんの言葉はすごく耳心地がよかった。……それでも、私が好きなのはロリコンさんじゃあない』

「……はは。なんか俺、振られてるみたいだね」

『振ってるんだよ』

「……」

『私が好きなのはロリコンさんじゃあない。私は、今の直江想史が好き』

　きっぱりとした告白に、のたうちまわりたくなるほどの痛みが胸を走る。息が詰まったのを悟られないようにスマホを自分の顔から離す。

　同じ人に二度失恋したような感覚だった。彼女が好きだと言った俺ではない俺のことが、心底羨ましくて妬ましい。

そっとスマホを自分の耳元へ戻して。

「……自分で言うのもなんだけど、たいした男じゃないよ」

『そんなことない。私がずっと勝手に隠してたことにも、ちゃんと気づいてくれたもん』

「……そうなの？」

『うん。ちゃんと私のこと見てくれた。そしたらもっと好きになった』

どうやら向こうの俺は、今の俺にできなかったことを成し遂げたらしい。そうか、と。

自分に負けたような気持ちになるけど、それならこの結果は仕方ないのかもしれない。

「よかったね。それなら前にも言った通りだよ。もしきみの気が向いたら、」

俺にはできなかった。過去の俺にはそれができた。

この現実は変わらない。過去から見た〝これから〟は、どんどん変わっていく。

「大人になってもそう思ってくれていたら……結婚してやってほしい」

――最後の電話だ。そう思って、前にも言った勝手な願いを告げた。

けれど。

『冗談じゃない』

「え？」

きっぱりとした、今度は冷たくさえある声に拍子抜けする。……〝冗談じゃない〟？

どうして。

彼女の言葉はやけに鋭利だ。

『ロリコンさんがそれを言わないで。私たちがこれからどうなるかなんて、あなたには関係ないし。もし結婚するなら、私はそれを今の想史の口から聞きたい』

「……そう」

『過去に期待しないで』

関係ないとか、期待しないでとか。やけに突き放してくる言葉がボディーブローのようにじわじわ効いてくる。彼女にここまで拒絶されるのは初めてで、目の前が暗くなっていく気がした。

それでも大人としてきちんと返事をしようと、声を絞(しぼ)り出す。

「そうだね、ごめん。こんなのきみには重たいだけで」

『今に期待してよ』

……今？

『どうして手をつかみにいかないの？』

電話の向こうから、怖いほど無垢(むく)でまっすぐな声が語りかけてくる。……彼女は何を言ってるんだ？　今に期待？

「……期待なんてできるわけないだろ」

低く冷たい声が出た。〝しまった〟と思い、カッとなった心を落ち着ける。

今に期待なんてできるわけがなかった。俺はもうとっくに間違えているのだ。間違えた結果、今はもう取り返しのつかないことになっている。

けれど彼女は言う。自分の言葉の正しさを少しも疑わずに。

『どうして？　未来の御山(みやま)志奈子は、別に死んだわけじゃない。二度と会えないわけでもないのに』

「それはそうかもしれないけど。……でも志奈子はもう、結婚……」

『その未来を変えるつもりでいたんでしょう』

「……」

『自分のほうが幸せにできる自信があったんじゃないの？』

「自信なんかない」

『じゃあどうして未来を変えようとしたの』

どうして、なんて、そんなこと。

答えがあまりにはっきりしていて、俺は思わず手で額を覆(おお)った。

「…………好きなんだ」

蚊の鳴くような声が出た。

「小さい頃からずっと好きだった」

それは大人になってから、随分後になってやっと気づいたことだった。時間が経って、彼女が人のものになると知って初めて認められたこと。

情けなく吐露した本音を、彼女は母親みたいに呆れた口調で優しく包んでくれる。

『それをそっちの私に言ってやってよ』

「言っても困らせるだけだと思うけど」

『困らせてやったらいいんじゃない？　逃げ回ってる未来の私は、もう少し困ったほうがいいと思う』

「自分に厳しい」

『押しつけられた仕返しだよ』

彼女は楽しそうに笑う。

『あの女を捕まえることは、私にはもうできないから。でもロリコンさんにならそれができる』

「……俺いま、志奈子ちゃんに励まされてるね」

『ちゃんと励ませてる？』

「うん……」

いつの間にこの子はこんなに強くなったんだろう。吹っ切れた声が、今は耳心地良くて、やっぱりもう少しこの声を聞いていたくなってしまう。

『私が好きなのは同じ時間を生きている想史であって、あなたじゃない。同じようにあなたが好きなのも、そっちにいる志奈子であって、私じゃないんだと思う』

「……うん」

『……でも私たちは手を組んだでしょう?　私たちはお互いを自分のものにするために、ふたりでズルをした』

「……そうだね」

『だから足を洗うときも一緒』

それが、電話を最後にするということなんだろう。彼女は終わりに向かうべく、もう一度、さっきの言葉を繰り返した。

『ロリコンさんとの電話は、すごく心地よかったです』

「変だな。最初は気持ち悪がってたのに」

『うん、本当に気持ち悪かった』

「ひどい」

『でも慣れるものだね、人間って』

「……同意していいものか？」

『愛してるよ、ロリコンさん』

いつもの応酬のなかで不意を衝かれたその告白に、俺はぽかんと呆けてしまった。一瞬後になって、ふっと口を緩める。

「……俺も愛してるよ、志奈子ちゃん」

電話の向こうで夜風が吹き抜ける音がする。その風は、電話の向こうの彼女の髪を揺らしていると思う。彼女は〝はぁ〟と悩ましげなため息をついた。

そしてこう言った。

『やっぱりロリコンかよ……』

「……もう学校行けない……」

『ダメな大人！』

うははっ、と彼女は愉快そうに笑う。

彼女は俺のことを「ロリコン」と呼びながら、ほんとはずっと怒っていたんだろう。〝お前が相手にすべきは子どもの私じゃないだろう〟と。俺は今度こそ、自分がロリコンじゃないことを証明しなければならない。

それから俺たちはいくつか他愛のない話をして、いつも通りに「おやすみ」と言って結びの挨拶をした。

『おやすみなさい、ロリコンさん』

それが本当に、ふたりの最後の通話になった。

11. 志奈子の物語

朝、目が覚めたとき。昨晩ロリコンさんと話したのは全部夢だったんじゃないかと思うことがある。

ロリコンさんとの最後の電話を終えた後、何気なく着信履歴(りれき)を辿(たど)ると、彼からの着信は綺麗(きれい)さっぱり消えていた。私が消したはずはないのだけど、あんなに何度も目にしていたはずの番号も一切思い出せなくて。まるで、今までのことが本当に全部夢だったような気持ちになった。——でも、そうじゃない。全部現実だった。

なぜか電話でだけ繋(つな)がってしまった今と未来には、一体どんな意味があるんだろう。鏡の前で髪を梳(と)かしながら、私は今日もそれを考えて。……考えてから、少し寂しくなる。もう二度と電話しないと決めることが、こんなに心細いことだとは思わなかった。

それでも。私たちが抱える問題は、それぞれ自分にしかどうにかできない。

今日も電車とバスに乗って、昨日会ったばかりの想史に会いに行く。

土曜日の昼下がり。患者さんや面会にやってきた人たちとすれ違いながら病院の廊下を突き進んだ。今日はひとりで受付に行って、面会証をもらって。黒と白のギンガムチェックのコットンワンピースを着て、背伸びしすぎない格好で。想史の病室が近づいてくると緊張した。落ち着くために私はもう一度考える。電話でだけ繋がってしまった今と未来の意味。

真面目な話は避けて、〝明るく能天気な自分〟ばかり見せようとしていた。だけどロリコンさんの助言を得てちゃんと向き合おうとすればするほど、想史には格好悪い部分を見せるばかりで。一生懸命何度も名前を呼んでみたり、近づきすぎた距離にびっくりして泣いてしまったり。本当に格好悪いことこの上ない。――だけど前よりずっと近づけた気がする。私はもう何かを掴みかけてる。

「周りの期待が重い」なんて言って、びびっていただけだった。勉強にまた努力しても、結果が出せないことに。クラスメイトに心を開いても、受け入れてもらえないことに。想史に本当の自分を見せても、好きになってもらえないことに。

だけど本当は期待されたい。信じてほしい。頑張りたいと思っている私のことを。私には、想史を幸せにできるということを。それなら私が信じなきゃ。過去でも未来でもない。

私は今の私に期待して。——私の人生だ。誰に押し付けられたものでもない。

　病室の前にたどり着いて中を覗き込んだ。

「想史、いるー？」


　想定外なことが起きた。いや、当たり前といえば当たり前で、私の考えが甘かっただけなんだけど……。

「……それでなんなんだ。真面目な話って」

　私と同じように戸惑っている想史の顔が、目と鼻の先にある。近い！　すぐにでも自分の顔を両手で覆ってじたばたしそうな気持ちを必死で抑えている。……にしても近すぎる！

　私は想史が座るベッドの、太ももがあるあたりの位置に彼に背を向けて座った。そこから腰をひねって対面しているから、今、顔と顔の距離が大変なことになっている。どうしてこうなったかというと、四人部屋の病室には昨日と違って他に人がいた。私が想史にしたい真面目な話は、とても他人の耳があるところで聞かせられるようなものじゃない。でも場所を移そうにも、手足を骨折している想史は自由に動くことができない。

　それで必然的に、私たちはこの距離で会話をすることになってしまった。締め切ったカーテンの仕切りの内側で。

これ、タイミングを間違えたんじゃ……とも思ったけど、もう後には引けない。私が言う〝真面目な話〟に多少見当がついてしまっている想史もちょっとそわそわしていて、それが余計に緊張を高まらせた。

お互い少し目を伏せたこの状況がこそばゆい。膝の上に置いていた自分の手をぎゅっと握る。内側から誰かに全力で叩かれているみたいにバクバクと鳴る心臓を押さえつけ、ゆっくりと口を開いた。

「あのね」

「うん」

――知らなかった。

本当に真面目に伝えようとしたら、私の体からは変な汗が噴き出すらしい。膝が笑いそうになるし、意味もなくにやにやしてしまいそうになる。それら全部を力ずくで押さえつけてやっと、真面目に伝えられるということ。真面目に話すと泣いてしまいそうになる。

でも、今だけは逃げちゃダメだ。ちゃんと目を見るんだ。

「好き」

短くそう言った。確かにそう言ったけど、自分がちゃんと発音できたかすぐに自信がなくなる。こっちを見ている想史の瞳の中に映り込んだ自分に〝頑張れ〟と念じて、さっきの言葉に被せるようにもう一度。

「好き。想史のことが。……好きです」

私が息も絶え絶えでそう言うと、想史はふいっと顔をそらした。耳まで真っ赤になって……照れている？ 骨折していないほうの手で長い前髪を撫でつけている。その手の下からチラッとこちらを覗いて。それから意を決したように、額から手をはずして私に向き直った。真剣な顔で。

「……俺も」

その第一声だけで胸がきゅぅっと狭くなる。痛い。ほんとに息が止まってしまう。私はにやけそうなのをもう少しだけ我慢して、想史の言葉の続きを聞く。

「好きだ。……たぶん、子どものときから」

「……そこはたぶんなんだ？」

「最近自覚したから……」

「私は幼稚園のときからずっと好きだった」

「……」

「好きじゃないときなんてなかったよ」

想史はうつむいた。折れていないほうの手のひらを私に突き出して、言葉を制してくる。

「……ごめん、ギブアップ」

その一言で私は、自分に盛大ににやけることを許した。


カーテンを締め切った状態でこんなに接近しているところを誰かに見られたら、きっと「何してるのあんたたち！」って怒られてしまう。だから今日はここまで。私はベッドの上から降りて、カーテンを開けて。ベッドのそばにパイプ椅子(いす)を持ってきて、お見舞いに持参した林檎(りんご)の皮を剝(む)く。

「なんかちょっと、声低くなってきたよね」

「そうか？」

「うん、ほんとにちょっとずつだけど。……へへっ」

「なんで笑うんだよ」

「いやぁ……なんか思い出しちゃって」

段々近づいていっている。あの人に。想史がコンプレックスに感じている声が、そのうち素敵な低音ボイスになることを私は知っている。

「思い出すって、なにを？」

「んー……ふふっ。志奈子(しなこ)ちゃんも結構モテるんですよこれでも！」

「はぁ？」

かみ合わない会話に、モテるなんて全然信じてない顔が半目で私のことを訝(いぶか)しげに見る。

ああ、両想いになってもこの扱い……。悔(くや)しいからわざと意地悪な言い方をした。

「プロポーズだってされたもん」

「嘘だ。……誰に？」

「年上のお兄さん」

「……大丈夫なのかそれ」

「すごく格好良かったんだから」

うそ。ほんとはすごく格好悪かった。大人ぶってて、ズルをしていて。でもあの人にはきっと、これから格好良く変身する瞬間が待っているんだろう。それはもう私の知らない物語だけど。

真っ白な病室で、世界が色づいていくのを感じていた。ただ私が、過去でも未来でもない今の私が、少し勇気を出すだけで。世界が変わる気がしたんだよ。夏休みが明ければ、クラスメイトにも話しかけられる。そんな気がする。

——ロリコンさんは？

ねぇ、うまくやってる？

最後の電話を切る間際に、彼女は俺に教えてくれた。

『未来で私、実家にいるよ』

「え」

『あなたに見つからないように、この町でこっそり暮らしてる』

それにはただ驚いた。じゃあずっと近くにいたっていうのか。

てっきり彼女は、どこか遠くの町にいるものだと思っていた。俺は通勤で彼女の家のそばをよく通るけれど、一度も姿を見かけたことがない。

『想史（そうし）が砂見（すなみ）高校の先生になったってお母さんから聞いたときは、だいぶ焦ったって。でも一人暮らしにも踏み切れなかったって言ってた』

「……まあ、もうすぐ結婚する予定だしな。引っ越すのも面倒だったんだろ」

俺がせつなくそうぼやくのを、彼女は鮮やかにスルーして言う。

『ロリコンさんが捕まえて』

「……」

『ずっとあの女を捕まえなきゃって思ってたけど、私にはもうできないから。あれから何度未来の私に電話をかけても一度も繋がらなかったの』

「そうだったのか……」

『だからロリコンさんが捕まえて。……〝今更何話していいかわかんない〟なんて言って、未来で逃げ回ってる一番ずるい私を』

彼女が最後に『おやすみなさい』と言ったときは、やっぱりとても寂しかった。自分の記憶の中にいる彼女とそっくりそのままだった高らかな笑い声を、もう二度と聞けないんだと思うと、とても寂しい。――でも、それで正しい。そうでなくちゃならない。俺たちは大人になったのだ。失くすべきものは失くしていかないといけないし、そうしてきちんと前に進んでいかなければ。

マンションの自分の部屋の玄関で、スニーカーの靴紐を結ぶ。志奈子に走って逃げられたら、走って追いかけられるように。……いよいよストーカー臭くないか？

自分のやっていることがスレスレだと気づいてゾッとしたけれど……一旦良しとしよう。志奈子が『捕まえろ』と言ったんだから。――なんて。もう過去の人である彼女は、俺のことを庇ってなんかくれないな。

最後に彼女が嘆いていたことを思い出す。

〝ほんと大人って全然素敵じゃない〟

それには本当に返す言葉がなかった。事実、とても格好悪かったから。俺がしてきたことを思えば、彼女のその感想は仕方ない。甘んじて受け入れるしかない。

だけどな。

「……格好悪い大人を舐めるな！」

俺は自分の部屋の玄関で格好悪くそう叫んで、家を飛び出した。

車を高校の駐車場に停めると、グラウンドからは野球部の声がした。反対側の校舎からは吹奏楽部の楽器の音がする。それに押し出されるようにして校門をくぐり出た。

まだ長い休みが始まったばかりの暑い夏の日。じりじりと照り付ける殺人的な太陽の下で両手を大きく振って走れば、すぐに郵便局が見えてくる。高校二年の途中まで、毎朝ここで志奈子と別れていた。その角を曲がる。

どこにもそこにも、高校生だった自分と志奈子を思い浮かべることができた。そこの電柱の横。信号の前。公園の脇。無愛想な顔をして頷く自分と、その隣で機嫌よく笑ってひとり延々と喋り続ける志奈子。

――彼女は本当に笑っていたか？

思い出しているうちにガードレールにたどり着く。いつもあいつは、ここに座って俺のことを待っていた。……どんな気持ちで？

ここまで来れば、彼女の家まではあと少し。かつて自分たち家族が住んでいた家の前を通りすぎる。そこからは見知らぬ家族の声がした。騒ぐ小さな子どもを叱（しか）る親の声。

そしてそのすぐ隣に。かつてはお隣さんだった、幼馴染（おさななじみ）の彼女の家がある。

「はぁっ……はーっ……」

〝御山（みやま）〟の表札がかかる家の前。ダラダラと汗を垂れ流して俺は、乱れた呼吸を整える。へばりつくポロシャツが気持ち悪い。水が飲みたい。

「……はぁっ」

二階に目を向けると、カーテンは開いている。誰かしらは家の中にいそうだった。おばさんだったら、なんでここに来たか説明しにくいな。おじさんだったらもっと説明しにくい。っていうかたぶん、俺のこと覚えてない。仮に志奈子が出てきたとして、説明に困るのは一緒だけど。

あまり迷っているとどんどん逃げたくなってくる。そう思い、半ば勢いでインターフォンを押していた。ピーンポーン、と間延びした音が家の奥で響く。

しばらくするとガチャリと受話器を取る音がした。

『……はい』

志奈子だ。俺は焦らないように、一度息を吐く。それから告げる。

「……直江だけど」

ガチャリ。

名乗った瞬間に切られてしまった。

（……はぁ!?）

あまりに呆気ない門前払いに愕然として、とりあえずもう一度インターフォンを押した。

……今後は受話器を取りもしない。

いや。こういう可能性もあるかもなぁとは、思っていたけど……。

「……おい、こら！　志奈子っ！　無視すんな!!」

思っていたけど、まったく少しも納得いかなくて叫んでいた。もう良い大人になっているはずの彼女に向かって。

「志奈子っ……！」

叫んでいた。

するど程なくして、今度はドアが開く。

「……え？」

ドアの隙間から半分顔を覗かせたのは、間違いなく彼女だった。長いストレートだった髪は肩までの長さに変わって、ゆるくウェーブがかかっているけれど。相変わらず目の上で切り揃えたままの前髪のせいで、そんなに大きく変わった印象はない。

それでも確かに大人になっている。俺と同じだけ歳をとった御山志奈子だ。会うのは十年ぶりになる。

彼女はドアの隙間からジト目を向けて言った。

「先に無視したのはそっちじゃん」

「……」

それを言われてしまうと俺の立場は弱い。威嚇する犬のような目つきで睨んでくる志奈子は、高校生の彼女から聞いていた通り、俺に対して相当怒っている。根に持たれるのも無理もない。俺はそれだけ、ひどいことをしたんだから。

「ごめん」

謝るしかない。門からドアまで一メートル強の距離を間に置いて、彼女の目を見て謝った。本当に申し訳なく思っていることが少しでも伝わるように。

一瞬、彼女の目線が泳ぐ。

「……今更？」

「……それもごめん。本当はもっと早く謝るべきだった」

「でも想史あのときたぶん、私のこと嫌いだったよね」

「なっ……」

そんなわけあるか！　と叫びそうになった。そこまで誤解されていたのか？　十年も、ずっと志奈子はひどく傷ついたままでいたと。

そんな取り返しのつかない…………と思いかけて、やめる。いつもの思考をやめる。取り返しがつかないのはもうわかっていた。わかっていたけど、取り返しにきたんだろ。

家まで来てしまった。結婚するって知ってたのに。格好悪いにもほどがある。

格好悪く落ちぶれても手に入れたいものはなんだ？

「志奈子、ごめん」

「……そればっかり」

「嫌いなんかじゃなかったよ」

「どうだか」

「志奈子」

名前を呼ぶと、志奈子は反発するようにキッと俺を睨んでくる。その顔が〝今更だ〟と言っている。意固地になって、〝これ以上は絶対に近づかない〟とドアでバリアを張って。

俺が彼女をこんな風にした。

「真面目な話があるから聞いて」

「……真面目な話？」

切り揃えた前髪の下の目が、ほんの少し丸くなる。不思議そうに。俺がよく知っている志奈子の表情。

「高校生の頃、俺はお前のことが嫌いだったわけじゃないんだ」

「うそ。嫌いじゃないなら無視なんてしない」

「うそじゃない」

「もういいってば！」

「……声変わりが！」

聞く耳を持たない志奈子に聞いてもらおうとしたら、思ったよりも大きな声が出た。少し丸くなっていた志奈子の目が、完全にきょとんとなって、俺の言葉を復唱する。

「声変わり？」

「……まだだったんだよ、声変わりが。周りの男子はとっくに低い声になってんのに、自分だけ高いままなのが恥ずかしかった。それを聞かれるのが嫌だった」

「……はぁ!?」

志奈子は俺が思っていた通りの反応で目を見開いて、唇をわななかせた。

「そんな……そんなしょーもないことで私、無視されてたの……?」

「ごめん」

「馬鹿じゃない！」

「馬鹿だった。本当にごめん。……格好つけたかったんだ。声変わりしてないってバレるのが嫌だった。お前にだけは」

「……どうして?」

「……」

「どうして、私だけ?」

まっすぐ見据えると、彼女はドアを開けてそこに立っていた。さっきまで半分しか見えていなかった顔がすべて見えている。純粋な面影はそのままに、少し顔立ちがシャープになった大人の顔。ほんのりと化粧を施した綺麗な顔が、心底不思議そうに首を傾げている。

俺が志奈子を好きだったなんて夢にも思っていない。

「……結婚するタイミングでこんなこと言って、困らせるだけかもしれないけど」

ここが一番の踏ん張りどころだと、両手の拳に力を込めた。

「——結婚って？」

「……え？」

まだきょとんとしている志奈子に、今度は俺のほうが目を丸くする。話の腰を折られてじれる。

「や、だから……。お前が結婚するタイミングでこんなこと言っても、困らせるってわかってるんだけど」

「なんの話？」

「……ええ？」

やはり不思議そうに眉を寄せている志奈子の顔を見て、まさか……と。淡い期待が胸に芽生える。

「もしかして、どっかで話がねじれてるのかな……。今度結婚するのは、可南子だけど」

「ああ……。へえ……？」

俺はきっと間抜けな顔で相槌を打った。

〝今度結婚するのは、可南子だけど〟

可南子って誰だよ……じゃあ志奈子の結婚は？　デマ？

「ねぇ、今なんて言うつもりだったの？　私に」

　都合のよすぎる展開にまだ耳を疑っていた。デマなのか？　じゃあ俺は今まで何に焦って……。

　気づけば、志奈子はドアから離れてこっちに寄ってきていた。下から俺の顔を覗き込んでくる。にやにやとした顔は、もういろいろと察しがついているようで、なんだかものすごく腹が立った。本当にこいつは、子どもの頃から調子にのっていて、図太くて。だから、なかなか好きって気づけなかったのだってお前のせいだ。——そんなことは全部呑み込んで、今は言う。

「……好きなんだ。たぶん、子どものときからずっと」

　想像を上回る言葉だったのか、志奈子は真っ赤になって驚いた顔をした。

　それから恥じらうように伏し目がちになって。

「……うん、想史。あのね」

「……うん」

「ズボンのチャック開いてる」

「！」

　……最悪だ！

慌ててしめようとするけれど、壊れているのか上に動かない。焦れば焦るほど上がらない。最悪だ！　なにもこんなタイミングで……！

ひとり四苦八苦する俺のことを彼女は笑う。とても楽しそうに。

「……高校生の頃の、私の呪いだわ」

「は……？」

「ねぇ想史」

「なにっ……」

慌ててチャックをしめようとする俺をまだ笑いながら、志奈子は少女のようにはにかんで言った。

「私の話を聞いてくれる？」

十年前よりもずっと大人っぽくなった志奈子が笑うと、十年会っていなかったのが嘘みたいに時間が埋まっていく気がした。

彼女の言う〝私の話〟。

いつも明るいばかりではない彼女の、本当の話をこれから。

暑い夏の日だった。玉のように零れる汗を手の甲で拭って、俺は大きく頷く。笑う。

「……うん。聞きたい」

——なあ、きみは、うまくやってるか?

今夜、2つのテレフォンの前。

電話のベルはもうきみを呼びださない。

終

※この作品はフィクションです。実在の人物・団体・事件などにはいっさい関係ありません。

集英社オレンジ文庫をお買い上げいただき、ありがとうございます。
ご意見・ご感想をお待ちしております。

● あて先
〒101-8050　東京都千代田区一ツ橋2-5-10
集英社オレンジ文庫編集部 気付
時本紗羽先生

今夜、2つのテレフォンの前。

集英社
オレンジ文庫

2018年2月25日　第1刷発行

著　者　時本紗羽
発行者　北畠輝幸
発行所　株式会社集英社
〒101-8050東京都千代田区一ツ橋2-5-10
電話【編集部】03-3230-6352
【読者係】03-3230-6080
【販売部】03-3230-6393（書店専用）
印刷所　図書印刷株式会社

※定価はカバーに表示してあります

ISBN 978-4-08-680178-2 C0193

あやしバイオリン工房へようこそ
奥乃桜子
集英社オレンジ文庫